# 恰當日本語

ふさわしい

全MP3一次下載

9786269546664.zip

全 MP3 一次下載，iOS 系統請升級至 iOS 13 後再行下載。
此為大型檔案，建議使用 WIFI 連線下載，以免占用流量，並確認連線狀況，以利下載順暢。

# 前言

「喜怒哀樂」是人與生俱來的天性。每個人都有因為無心的話語或行為舉止而讓人感到不悅或困擾的經驗。但是，遇到那樣的情況，通常也只要坦率地道歉就可以了。雖然不要給別人造成困擾是很重要的，但人只要活著，多少還是會有給人添麻煩或讓人感到不悅的時候。

平日的基本問候比起形式上的言語，更應該重視如實地傳達自己「內心的感受和想法」。不過，當我們漸漸長大，上大學或是出社會工作之後，在能坦率地說出「真心話」之前，不可避免地會先依賴「形式」＝指導手冊、規則來表達。

本書並不像那些制式的規則或指導手冊，單純地告訴你商場上「正確的日語」該怎麼說，而是著重在教導各位無論在何時何地、無論對象是誰，在傳達感受及想法時，都能放鬆自在說出符合ＴＰＯ原則的「恰當日本語」。

無論是高中生、大學生、家庭主婦，還是對網路或是智慧型手機感到倦怠的社會人，甚至是外國人等各個階層的男女老少，若透過本書，能讓各位重新審視「日語的基礎原則」，或是在溝通時做到「如實傳達喜怒哀樂的情緒」，進而讓自己心靈更富足，將是我的榮幸。

大學講師／敬語顧問　**唐澤明**

## 本書特色

本書先將一天24小時中的6時至24時分為四個區段，再納入休假日。接著再於各個時間區段中，設定各種生活情境，並分別列舉松、竹、梅這三種句子。松、竹、梅會依各種場面的禮貌程度，以及與談話對象之間的親疏關係來進行分類。

此外，本書也特別收錄像是「賢語」、「大和言葉」這類值得特別一題的表達方式。

本書中所提到的「賢語」，是由作者同時也是敬語研究家的唐澤明自創的詞，指的是在工作或生活中，那些會讓人對說話者萌生「好明智、真聰明」等想法，進而提昇說話者評價的詞彙。而與賢語有共通之處的「大和言葉」，指的則是由日本人所獨創，且至今仍持續在日常對話中使用的一種純粹的日本詞彙。

這些賢語及大和言葉在書中，會以專欄的形式介紹。請好好地將這些詞彙運用在日常生活中。

# 恰當日本語

## 從起床到就寢

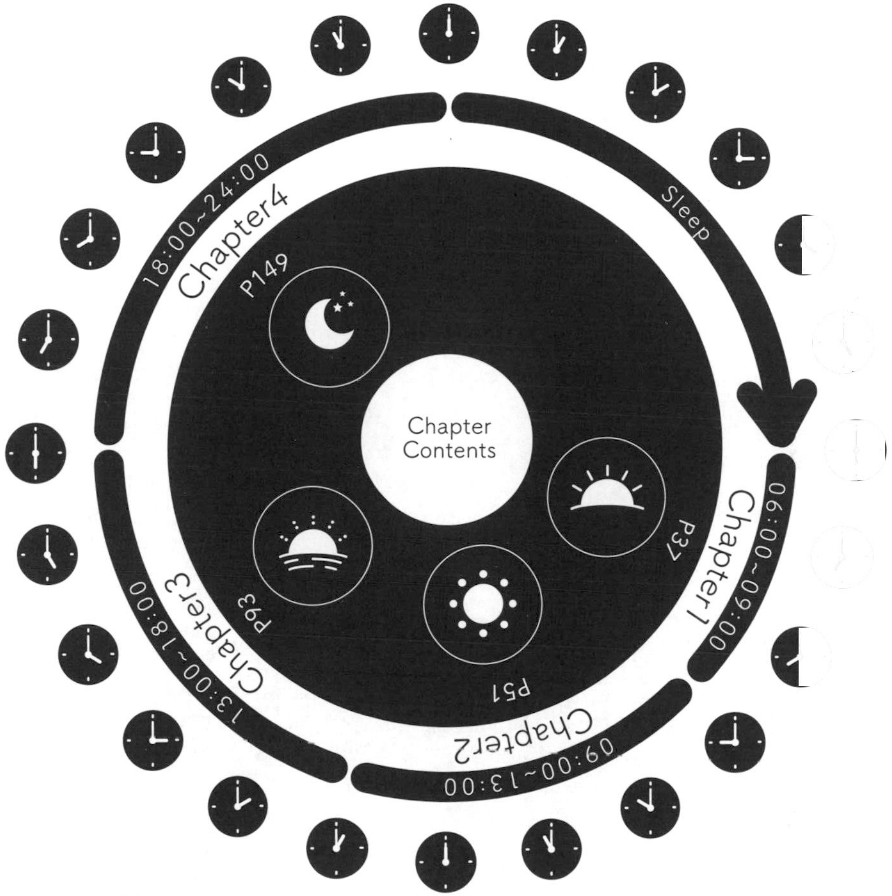

Chapter Contents

# 恰當日本語 500 Phrase

## 目錄

※應是指右頁內容的應用篇

## 第三章 13:00～18:00……93

# 目錄

# 例句索引

## あ

| 日文 | 中文 | 頁數 |
|---|---|---|
| お時間に間に合わず、申し訳ございません。 | 沒辦法準時到達，非常抱歉。 | 52 |
| お時間よろしいですか？ | 你有時間嗎？ | 128 |
| お邪魔します。 | 打擾了。 | 180 |
| お世話になります。 | 受您照顧了。 | 94 |
| お線香をあげてくだされば、主人も喜びます。 | 您若能上柱香，我先生也會很開心的。 | 175 |
| 恐れ入ります。 | 不好意思。 | 104 |
| 恐れ入りますが。 | 抱歉打擾了。 | 77・122・128 |
| 恐れ入りますが、写真を撮っていただけますか？ | 不好意思，能否麻煩您幫我拍照？ | 188 |
| お大事に。 | 請保重。 | 55・76 |
| お大事になさってくださいね。 | 請多多保重。 | 76 |
| お平らになさってください。 | 請您隨便坐 | 185 |
| お尋ねしてもよろしいでしょうか？ | 方便問一下嗎？ | 128 |
| お誕生日、おめでとうございます。 | 祝您生日快樂！ | 161 |
| お誕生日おめでとう！ | 祝你生日快樂！ | 161 |
| お知恵を拝借できれば幸いです。 | 若能借助您的智慧將是我的榮幸。 | 133 |
| お力添えいただけませんか？ | 是不是可以麻煩您幫個忙？ | 119 |
| お力添えくださいませんでしょうか。 | 能不能麻煩您幫我一個忙呢？ | 119 |
| お茶ある？ | 有茶嗎？ | 98 |
| お茶ください。 | 請給我一杯茶。 | 98 |
| お茶もらえる？ | 可以來杯茶嗎？ | 98 |
| お茶をいただけますか。 | 可以給我一杯茶嗎？ | 98 |
| お茶をどうぞ。 | 請喝茶。 | 99 |
| お使いだてして申し訳ありませんが、こちらの件につきまして、お伝え願えませんでしょうか？ | 總是麻煩您不好意思，不知是否可以請您幫忙轉達這件事？ | 64 |

か

| 日文 | 中文 | 頁 |
|---|---|---|
| 恐縮です。 | 不敢當。 | 104 |
| 恐縮ですが、 | 不好意思， | 153 |
| 恐縮ですが、お化粧室をお借りしてもよろしいでしょうか？ | 不好意思，能否向您借用一下化妝室？ | 186 |
| 恐縮ですが、先日の件、いかがでしょうか？ | 不好意思，請問先前那件事處理得怎麼樣了？ | 125 |
| 京都は10年ぶりでずいぶん懐かしゅうございました。 | 十年沒來京都了，真是讓人非常地懷念。 | 157 |
| 今日のお茶会は本当に楽しゅうございますね。 | 今天的茶會真的很開心。 | 157 |
| 今日の夕日は、格別赤うございますね。 | 今天的夕陽特別紅。 | 157 |
| 今日は、雨がもう降らないようですね。 | 今天似乎不會再下雨了。 | 171 |
| 今日は、ごみの日ではありません。 | 今天不是倒垃圾的日子。 | 47 |
| 今日は、休むね。 | 我今天休假。 | 54 |
| 今日は○○の件、ありがとうございました。 | 關於今天○○的事，非常謝謝您。 | 165 |
| 今日は○○の件、申し訳ありませんでした。 | 對於今天○○的事，我深感抱歉。 | 165 |
| 今日はお夕食召し上がりますか？ | 您今天是否要用晚餐？ | 40 |
| 今日はご飯いる？ | 今天要在家吃飯嗎？ | 40 |
| 今日は冷え込みますね。 | 今天好冷。 | 45 |
| 気をつけていってらっしゃいませ。 | 請小心慢走。 | 43 |
| 気をつけて来てね。 | 你來的時候請小心。 | 55 |

## く

| 日文 | 中文 | 頁 |
|---|---|---|
| くつろいでくださいね。 | 請你就當是在自己家。 | 184 |

## け

| 日文 | 中文 | 頁 |
|---|---|---|
| 芸能人の市川さんのように、めげない性格です。 | 我的個性像藝人市川先生一樣正向積極。 | 71 |
| ケガはないですか？ | 沒受傷吧？ | 82 |
| 欠席しますか？ | 你會缺席嗎？ | 110 |

| 日文 | 中文 | 頁 |
|---|---|---|
| ご相談したいことがございまして、お時間を頂戴できますでしょうか。 | 我有事想和您商量。不知能否耽誤您一些時間？ | 132 |
| ご足労願えますか。 | 可以勞煩您來一趟嗎？ | 97 |
| ごちそうさま。 | 謝謝招待。 | 168 |
| ごちそうさまでした。 | 多謝招待。 | 168 |
| ごちそうさまです。 | 謝謝招待。 | 168 |
| ごちそうになり、ありがとうございました。 | 非常謝謝您的招待。 | 168 |
| こちら落とされましたか？ | 你是不是有東西掉了？ | 171 |
| こちら落とされましたよ。 | 你的東西掉囉！ | 171 |
| こちらこそ、ありがとうございます。 | 我才要謝謝您。 | 86 |
| こちらでよろしいでしょうか？ | 你確定這樣可以嗎？ | 124 |
| こちらでよろしかったでしょうか。 | 你確定這樣好嗎？ | 124 |
| こちらの場所は駐車禁止となっております。 | 這裡禁止停車。 | 189 |
| この○○、面白そうだから一緒に行かない？ | 這個○○看起來很有意思，要不要一起去？ | 139 |
| この上ない幸せでございます。 | 這真的讓我開心到無以復加。 | 85 |
| この度は、誠にご愁傷さまでございます。 | 請節哀順變。 | 174 |
| この度は大変申し訳ありませんでした。以降、二度と同じような間違いをしないよう、細心の注意をはらってまいります。 | 此次真是非常抱歉。以後我一定會密切注意，不會再發生同樣的錯誤。 | 115 |
| この近くの洋食屋でパスタはどうですか？ | 附近西餐廳的義大利麵怎麼樣？ | 151 |
| この前はどうも。 | 上次謝謝你。 | 187 |
| このようなことを申し上げるのは大変心苦しいのですが、 | 這種事要向您開口我也很不好受，但是~ | 129 |
| ご無沙汰しております。お変わりございませんか？ | 久疏問候，一切是否安好？ | 74 |
| ご無沙汰しておりますが、いかがお過ごしですか。 | 久疏問候，您是否安好？ | 75 |

| 日本語 | 中文 | 頁 |
| --- | --- | --- |
| 今晩、飲みにいかない？ | 今晚要不要去喝杯酒？ | 139 |
| 今晩、ひま？ | 今天晚上有空嗎？ | 138 |
| こんばんは。 | 晚安。 | 150 |

## さ

| 日本語 | 中文 | 頁 |
| --- | --- | --- |
| 最近、ご一緒してませんね～。 | 最近都沒和你在一起呢。 | 139 |
| 最後尾はあちらですよ。 | 隊伍的末端在那裡。 | 49 |
| 先に帰りたいんですけど。 | 我想先回家。 | 164 |
| 昨晩は、日本代表の試合、すごかったですね。 | 昨晚日本隊的比賽好精彩。 | 45 |
| さくら組の中村太郎の母でございます。今朝、太郎が寝坊しまして、少し遅刻してしまいます。10時までには送っていきますので、よろしくお願いいたします。 | 我是櫻花班中村太郎的母親。太郎今天早上賴床，所以會稍微晚點到。我會在十點之前送他到學校，麻煩您了。 | 53 |
| 酒は嗜まないもので。 | 我對喝酒沒有天份。 | 159 |
| 差し支えなければ、こちらをお使いください。 | 若不會造成您的困擾，請您使用這個。 | 123 |
| さすが！ | 了不起！ | 100 |
| さすがでいらっしゃいますね！ | 您真是了不起！ | 100 |
| さすがですね！ | 真是了不起！ | 100 |
| さすは、玄人はだしですね。 | 了不起！您真是連專家都自嘆不如！ | 101 |
| 寂しくなるね。 | 我會很寂寞的。 | 146 |
| 寒いでしょうから、お体に気をつけて。 | 天氣會很冷，要保重喔！ | 146 |
| 寒く／暑くありませんか？ | 你不覺得冷嗎？／你不覺得熱嗎？ | 95 |
| 寒く／暑くない？ | 你不冷嗎？／你不熱嗎？ | 95 |
| さようでございますね。 | 您說得對。 | 58 |
| さようなら。 | 再見。 | 177 |
| さようなら。お元気で。 | 再見。請保重。 | 176 |

し

| | | |
|---|---|---|
| 精進してまいりますので、ご指導ご鞭撻のほどお願いいたします。 | 我會繼續努力，懇請您不吝給予指導和鞭策。 | 131 |
| 承知いたしました。どうかお大事になさってください。 | 我知道了。請保重身體。 | 55 |
| 承知しました。 | 我明白了。 | 56・60 |
| 承知しました。申し伝えます。 | 我知道了，我會代為轉達。 | 65 |
| 調べてみたら？ | 試著查查看？ | 118 |
| 印ばかりのものですが、どうかご家族で召し上がってください。 | 一點小東西，不成敬意。請與您的家人一同享用。 | 183 |
| 人事を尽くして天命を待てば、きっと勝利の女神も味方しますよ。 | 只要盡人事聽天命，勝利的女神一定也會站在你身邊的。 | 121 |
| 心配ないですよ。 | 沒什麼好擔心的。 | 88 |

## す

| | | |
|---|---|---|
| すみません、 | 不好意思， | 128 |
| すぐに返しますので。 | 我立刻就會歸還。 | 113 |
| 素晴らしいご活動に、頭が下がります。 | 我真是佩服您把活動辦得這麼好。 | 101 |
| すみません、もう一度お願いします。 | 不好意思，麻煩你再說一次。 | 57 |
| すみません、○○をお願いします。 | 不好意思，麻煩你○○。 | 122 |
| すみません、急いでもらえますか？ | 不好意思，可以快一點嗎？ | 125 |
| すみません、遠慮させてください。 | 不好意思，請讓我考慮一下。 | 126 |
| すみません、お休みします。 | 不好意思，我要休假。 | 54 |
| すみません、遅刻します。 | 不好意思，我會晚到。 | 52 |
| すみません。 | 不好意思。 | 77・126・134 |
| すみませんが、 | 不好意思， | 154 |
| すみませんが、ここ失礼します。 | 不好意思，打擾了。 | 48 |

## た

## ち

## つ



## て

## と

## な

| 日本語 | 中文 | 頁 |
|---|---|---|
| 長い間、誠にお世話になりました。<br>中村部長からのご指導を忘れずに、<br>これからも職務を全うしてまいります。 | 衷心感謝您長久以來的照顧。<br>今後將不忘中村部長的指導，<br>盡力完成工作。 | 177 |
| 中村さま、<br>29日水曜20時はご都合よろしいでしょうか？ | 中村先生，<br>29日週三20時不知您是否方便？。 | 66 |
| 中村さま、パソコンで調べてみてはいかがでしょうか。 | 中村先生，要不要試著用電腦查詢看看？ | 118 |
| 中村さまとお会いすることを心待ちにしております。 | 我很期待與中村先生見面。 | 141 |
| 中村さん、おはようございます。 | 中村先生，早安。 | 38 |
| 中村さん、パソコンで調べてみませんか？ | 中村先生，要試著用電腦查查看嗎？ | 118 |
| 中村さん、本日はいいお日和ですね。 | 中村先生，今天天氣真好。 | 44 |
| 中村さん／先生は29日空いていらっしゃいますか？ | 中松先生／醫師29日有空嗎？ | 152 |
| 中村さんでいらっしゃいますか？ | 中村先生在嗎？ | 63 |
| 中村さんのご活躍、期待しております。 | 期待中村先生大展身手。 | 146 |
| 中村と申しますが、松本さまでいらっしゃいますか？ | 敝姓中村。請問松本先生在嗎？ | 63 |
| 中村の東京土産ですが。 | 這是中村帶回來的東京伴手禮。 | 99 |
| 長らくお引き留めして申し訳ありません。 | 非常抱歉，耽誤您這麼久。 | 99 |
| 何かお手伝いすることがありますか？<br>なければこれで失礼させていただきます。 | 有什麼我可以幫忙的嗎？<br>如果沒有的話，請容我先告退。 | 147 |
| 何食べたい？　私はなんでもＯＫ。 | 你想吃什麼？我都可以。 | 151 |
| 何になさいますか？ | 您要吃什麼？ | 151 |
| 生意気な言動で大変恐縮ですが、<br>先ほどのお話の内容には間違いがあると思います。 | 我對自己自大的言行感到抱歉，<br>不過我認為您先前話中的內容有誤。 | 117 |
| 何時にお戻りですか？ | 您何時回來呢？ | 39 |
| 何時に帰りますか？ | 你什麼時候回來？ | 39 |

## ひ

| 日文 | 中文 | 頁 |
|---|---|---|
| 久しぶり。元気だった？ | 好久不見，你好嗎？ | 74 |
| 引っ越してきた中村です。 | 我是剛搬來的中村。 | 83 |
| 引っ越してきた中村です。よろしくお願いしします。 | 我是剛搬來的中村。請多指教。 | 83 |
| 一人いくらになりますか？ | 一個人是多少錢？ | 167 |
| ひとり暮らしだから戸締りしっかりね。 | 自己一個人住，門窗要關好喔！ | 146 |
| 病院に行ったら？ | 要不要去醫院？ | 76 |

## ふ

| 日文 | 中文 | 頁 |
|---|---|---|
| ぶしつけですが、こちらの書類には不備があるようです。 | 恕我冒昧，這份文件似乎不完整。 | 117 |
| 無事でよかったね。 | 平安無事真是太好了。 | 82 |
| 普段どおり、ベストを尽くせば大丈夫です。 | 只要像平常一樣盡全力就沒問題的。 | 121 |

## へ

| 日文 | 中文 | 頁 |
|---|---|---|
| ペンある？ | 你有筆嗎？ | 113 |
| 勉強しっかりね。 | 要好好唸書喔！ | 146 |
| 返信は必要ありません。 | 沒有回覆的必要。 | 127 |

## ほ

| 日文 | 中文 | 頁 |
|---|---|---|
| ボールペン貸してください。 | 請借我一支原子筆。 | 113 |
| ボールペンをお借りできますか。 | 我可以向您借一支原子筆嗎？ | 113 |
| 本日はありがとうございました。 | 今天非常謝謝您。 | 99 |
| 本日はありがとうございました。お気をつけてお帰りくださいませ。 | 今天非常謝謝您的光臨。回家時請小心。 | 173 |
| 本日のご提供ができません。何卒ご容赦ください。 | 今日無法提供服務，還請您見諒。 | 135 |
| 本日は美味しいお料理をごちそうになり、ありがとうございました。 | 今天謝謝您招待這麼美味的料理。 | 168 |

## ま



## み

## む

| | | |
|---|---|---|
| 身に余る光栄でございます。 | 我感到十分榮幸。 | 85 |
| 冥利につきます。 | 沒有比這更開心的事。 | 105 |
| 無断駐車は困りますね。 | 車子擅自亂停很困擾。 | 189 |
| 無理です。 | 沒辦法。 | 142・159 |

## め

| | | |
|---|---|---|
| 目がパッチリしていて | 眼睛水汪汪的 | 102 |
| 滅相もありません。 | 沒那回事。 | 86 |
| 滅相もございません。 | 您過獎了。 | 105 |

## も

| | | |
|---|---|---|
| もう一杯いかがですか？ | 您要再一杯茶嗎？ | 99 |
| 申し訳ありません、 | 非常抱歉， | 126 |
| 申し訳ありませんが、 | 真是不好意思， | 96・154 |
| 申し訳ありませんが、○○に変えていただけますでしょうか。 | 不好意思，可否請您幫我改成○○？ | 155 |
| 申し訳ありませんが、今一度おっしゃっていただけませんか？ | 很抱歉，可以麻煩您再說一次嗎？ | 57 |
| 申し訳ありませんが、遠慮させていただきます。 | 非常抱歉，請容我考慮一下。 | 126 |
| 申し訳ありませんが、お冷をお願いできますか。 | 不好意思，可以麻煩您給我一杯水嗎？ | 160 |
| 申し訳ありませんが、キャンセルさせてください。 | 不好意思，請讓我取消預約。 | 153 |
| 申し訳ありませんが、ご指導いただけないでしょうか。 | 不好意思，是否能夠麻煩您指導一下？ | 130 |
| 申し訳ありませんが、終電に乗り遅れてしまいますので、お先に失礼させていただきます。 | 不好意思，我會趕不上最後一班電車，請容我先行告退。 | 164 |
| 申し訳ありませんが、入らせていただけないでしょうか。 | 真是抱歉，能不能借過一下？ | 48 |
| 申し訳ありませんが、本日は休ませていただきます。 | 很抱歉，今天請容我休息一天。 | 54 |

| | | |
|---|---|---|
| 夜もすっかり更けてまいりました。 | 已經很晚了。 | 150 |
| よろしければ、お納めください。 | 您不嫌棄的話，請收下。 | 182 |

## ら

| | | |
|---|---|---|
| 来月、サッカー観戦に行きましょうね。 | 下個月我們再一起去看足球賽。 | 79 |
| 来月の講演会、行こうかどうしようか迷っているんだよね。 | 我很猶豫要不要去下個月的這場演講。 | 139 |
| 来週に変更で大丈夫? | 方便改成下週嗎? | 67 |
| 来週の作業について、<br>ご教示いただけると助かります。 | 關於下週的工作內容，<br>您若能親身示範將會非常有幫助。 | 131 |
| 来週の発表会にむけて、ご指南くだされば幸いです。 | 下週的發表會若能蒙您賜教將會是我的榮幸。 | 131 |

## り

| | | |
|---|---|---|
| 了解。 | 知道了。 | 60 |
| 領収書をいただけますか? | 可以給我收據嗎? | 167 |
| リラックスしてね。 | 請自便。 | 184 |

## る

| | | |
|---|---|---|
| ルールを守りましょうね。 | 要守規則喔。 | 47 |

## れ

| | | |
|---|---|---|
| 礼には及びません。 | 不客氣。 | 86 |
| 例の案件、<br>ぜひお聞き届けいただきたくお願いいたします。 | 上次的那件案子，<br>無論如何都希望您能夠批准。 | 123 |

## わ

| | | |
|---|---|---|
| 若うございますよ、同い年とは思えません。 | 你很年輕啊，完全不覺得你和我同年齡。 | 157 |
| わかりました。 | 我知道了。 | 55・56・60 |
| わくわくしています。 | 我感到非常興奮。 | 141 |

## 数字



## 記号

| | | |
|---|---|---|
| ○○でいいですか？ | 在○○可以嗎？ | 144 |
| ○○に変えてください。 | 請改成○○。 | 155 |
| ○○にしていただけませんでしょうか？ | 不知能否在○○？ | 144 |
| ○○にしてもらえますか？ | 可以改成○○嗎？ | 155 |
| ○○プロジェクトの件につきまして、折り入ってご相談したいことがございます。 | 關於○○專案，我有件事想和您討論一下。 | 133 |
| ○○をいただけますか？ | 我可以點○○嗎？ | 154 |
| ○○をお願いします。 | 我要○○。 | 154 |
| ○○をください。 | 我要○○。 | 154 |
| ……。 | （不發一語） | 148・178 |

# 第一章

Chapter 1

6:00~9:00

6:00~9:00

1-01

〔問候〕

# 早晨的問候

這句話是溝通最基本的句子。雖然是很簡單的一句話，但卻能讓你在別人心中留下完全不同的第一印象，非常重要。

梅

おはよう。

早。

竹

おはようございます。

早安。

松

中村（なかむら）さん、おはようございます。

中村先生，早安。

使用時機及技巧

梅等級的「おはよう。（早）」通常用於朋友及家人之間。適用時間大略是上午10：00之前。

無論打招呼的對象是「打工夥伴」，或是同期的「同事」，只要是在職場，使用竹等級的「おはようございます。（早安）」較合適。打工時，就算是在晚上，上工時也可以用這一句來打招呼。

松等級的「おはようございます。（早安。）」和竹等級是一樣的句子，不過要記得對方地位較高，或著是長輩。打招呼時，如果可以鞠躬行禮的話會顯得更有禮貌。若能再搭配「今日（きょう）はいい天気（てんき）ですね。（今天天氣真好。）」、「暖（あたた）かいですね。（今天好暖和。）」等語句，對方的心情也會更好一些。

1-02

# 〔確認〕問回家／公司時間

當要詢問家人、公司的同事或上司何時回來的時候，即使問的都是相同的事情，也不能都使用同一種問話方式。請確實掌握這其中的分別。

梅

**何時に帰る？**

你幾點回來？

竹

**何時に帰りますか？**

你什麼時候回來？

松

**何時にお戻りですか？**

您何時回來呢？

## 使用時機及技巧

梅等級的「**何時に帰る？**（你幾點回來？）」並非敬語，所以是對家人或朋友使用的句子，如果對方的地位是在自己之上，使用這個句子會顯得很失禮。通常是家人早上離家、或是和朋友暫別時使用。

如果詢問的對象是同事、地位稍高的前輩或是平輩，只要是在職場，就是使用竹等級的「**何時に帰りますか？**（你什麼時候回來？）」。加上「**〜ますか？**（〜呢？）」會顯得較為有禮並且會提升你的專業度。

松等級的「**何時にお戻りですか？**（您何時回來呢？）」，是對於地位在自己之上的對象所使用的句子。有的人為了顯得更有禮，甚至會說「**何時にお戻りになられる**」，但這樣的雙重敬語並不是正確的句子。

1-03

# 問是否要在家用餐〔確認〕

早上送家人出門，或是工作上必須詢問上司是否要用餐時會用到的句子。使用時必須要視對象選擇正確的用語。

**梅**

今日（きょう）はご飯（はん）いる？

今天要在家吃飯嗎？

**竹**

夜（よる）は家（いえ）で食事（しょくじ）をされますか？

晚上是否在家吃飯？

**松**

今日（きょう）はお夕食（ゆうしょく）召（め）し上（あ）がりますか？

您今天是否要用晚餐？

## 使用時機及技巧

梅等級的「今日（きょう）はご飯（はん）いる？（今天要在家吃飯嗎？）」用在家人或朋友等關係較親近的人。

家教嚴格的家庭，妻子對丈夫、或是小孩對父母或祖父母可能就會用「夜（よる）は家（いえ）で食事（しょくじ）しますか？（晚上要在家吃飯嗎？）」這般，將竹等級修改的更加親近的說法。

與上司或客戶，或是恩師等需要禮貌應對的人來往，有時也會需要詢問對方是否要用餐，這時就要用松等級的「今日（きょう）はお夕食（ゆうしょく）召（め）し上（あ）がりますか？（您今天是否要用晚餐？）」來講。「召（め）し上（あ）がる」是「食（た）べる（吃）」、「飲（の）む（喝）」的尊敬語。句中的晚餐可以換成中餐，若要問想吃什麼可以加上「何（なに）を（什麼）」。

應用一

## お夕食（ゆうしょく）、ご用意（ようい）しましょうか？

### 是否要為您準備晚餐？

這種問法既聽明又簡潔，對方聽到會很願意回應。

用字遣詞非常溫和，既不會過度有禮，也不會過於慎重，並與對方保持剛好的距離。我想這大概是家中的妻子對丈夫所說的話，聽起來之所以會顯得很有氣質，是因為句中加入了「ご用意（準備）」、「～しましょうか（是否要～）」等丁寧語的關係。

由於家裡是與外界隔絕的環境，因此在家時，若能以不刻意且自然隨興的方式溝通，可說是最佳的溝通表達方式。

應用二

## 御御御付け（おみおつけ） 味噌湯

這個詞被我為稱作是日語中的「瀕臨絕種詞」，除了少數長輩以外，許多年輕一輩的人或外國人應該是第一次看到這個字吧。這個字的發音不是「おおおつけ」，而是「おみおつけ」。

這是味噌湯的丁寧語。「オツケ」是由動詞「ツケル（付ける）」的連用形「ツケ」名詞化後，加上接頭語「オ（御）」而成的女性用語，指的是本膳料理中所附加的湯品，後來又加上表示尊敬之意的接頭語「オ」與「ミ」，才成為「御御御付け」。另一説則認為這個詞是表味噌之意的女性用語「オミ」加上「オツケ」後的結果。

然而，現在湯品的丁寧語都是使用「お汁」、「おつゆ」，除了「オミオツケ」以外，已經不太使用「オツケ」表達。

順道一提，「お漬物（漬物）」的丁寧語目前主要都是使用「お新香」，各位若能掌握「香の物（漬物）」、「お香こ（漬物）」的用法，就可以成為高級日語達人了。

1-04

## 〔問候〕送客

適用於送家人、朋友、上司等對象離開的各種情境。以最周到的說法讓對方留下好印象，並且帶著愉快的心情離開吧！

6:00~9:00

梅

それでは！　またね。

那麼，再見。

竹

いってらっしゃい。

慢走。

松

いってらっしゃいませ。

慢走。

### 使用時機及技巧

梅等級是最常見的說法，但聽起來更像是要散會時的台詞。儘管是很簡單的一句話，說的時候還是要邊帶著笑容邊揮手向對方道別。

竹等級是在家中送家人離開時必定會說的話，是從昭和時代開始就一直使用至今，而人們也不希望它消失的問候語。這句問候工作場合也適用，特別是向外出工作的同事或前輩點頭致意時，若能搭配這句問候，就能在對方心中留下更好的印象。松等級則是用在對客人或是在公司送上司離開的情況。使用時若能在開頭加上對方的名字，並在句尾加上「～ませ」，就會是更有禮貌的說法。

應用一

## 気をつけて行ってらっしゃいませ。

**請小心慢走。**

這個例句是比較有禮貌的說法。因為「行ってらっしゃい」加上「ませ」是對上司或地位較高的人才會使用的說法。像是飯店等旅行相關的服務業、或是業務承辦窗口等相關人員，送客時若能在說完「ありがとうございました。（謝謝您的光臨。）」之後，加上這句話，會顯得更有禮貌。

應用二

## 体に気を付けて。

**請保重。**

這句話是預設對方將有好一段時間不會回來的情況下所說的話，是「你要健健康康喔」的禮貌版說法。道別時，除了單純地以「さようなら（再見）」的說法表示之外，還可以藉由、關心對方身體健康的語句，向對方傳達因為分離而感到寂寞的心情。

應用三

## またお会いできるのを心待ちにしております。

**我衷心期盼還能和您再次見面。**

這個說法是期望對方未來能再度光臨的例句。句中傳達了「また会いたい（想再見到你）」、「来てほしい（希望你來）」的想法。這個句子比較適合用在私人場合，所以如果是在工作場合就要考量當下的情境是否適合使用。另外，餐飲或飯店等服務業則可以用「またのお越しをお待ちしております。（期待您再次光臨。）」來傳達期待客人再度光臨的心情。

1-05

## 〔閒聊〕天氣的話題

若你打算以善於交談的說話大師為目標，有個話題希望你可以挑戰看看。那就是和天氣有關的話題。只要在平凡的素材中，加點變化，就能炒熱聊天的氣氛。

梅

いいお天気(てんき)ですね。

今天天氣很好。

竹

いいお日和(ひより)ですね。

今天天氣真好。

松

中村(なかむら)さん、本日はいいお日和(ひより)ですね。

中村先生，今天天氣真好。

### 使用時機及技巧

天氣的話題因為任何人都能聊，很適合作為開啟對話的引子，天氣不但是能和每個人的生活都能產生連結的共通話題，也是閒聊時非常好的素材。

梅等級對鄰居、公司同事、甚至是巧遇的舊友都能使用，是很方便的開場金句。竹等級的「いいお日和(ひより)ですね。（今天天氣真好。）」則是以具體指出晴天的方式來擴展話題。另外，也可以試試「夕方(ゆうがた)雨(あめ)が降(ふ)るみたいですね。（傍晚好像會下雨。）」，這說法不單是表明可能的天候狀況，也傳達了自己對方的行程是否受到天候影響的關心之情。松等級則是藉由呼喚對方名字來拉近彼此的距離。而把「今日(きょう)（今天）」改為較禮貌的「本日(ほんじつ)（今日）」，更能展現自己的誠意，留下好印象。

應用一

## 今日は冷え込みますね。

今天好冷。

當要與人攀談時，最具代表性的閒話就是和天氣有關的話題。因為無論是氣溫、風的強度、炎熱或是寒冷的程度，都是任何人都能聊的共通話題，而這樣的話題也不會要求對方特定的回應。

當然，如果是親近的人聊私人的話題也無所謂。

應用二

## 朝食は召しあがりましたか。

吃早餐了嗎？

如果見面時間在上午，地點又是在可以用餐的咖啡廳之類的地方，就可以試著以這句話來詢問對方。對方會覺得你很體貼。和食物有關的話題也是屬於比較保險不會出錯的談話素材，彼此還可以藉此交換資訊。

應用三

## 昨晩は、日本代表の試合、すごかったですね。

昨晚日本隊的比賽好精彩。

用前一天發生的事當作話題也是不錯的選擇。如果知道對方喜歡哪一個球隊，和他聊聊那支球隊的活躍表現不但能讓對方心情很好，也能夠地拓展對話內容。

相反地，如果談話的內容是某個事件或是政治相關話題，有時對方未必和你有相同的想法。不管是不是在早上，像這樣的內容都不是一個適合展開對話的話題。

6:00~9:00

1-06

# 〔交流〕和鄰居聊天

出門上班、早上去丟垃圾、帶狗散步、買東西或慢跑都是和鄰居交流的好機會。試著用這些句子來向鄰居打聲招呼吧！

**梅**

どうも。
你好。

**竹**

おはようございます。いいお天気(てんき)ですね。
早安。今天天氣真好。

**松**

おはようございます。お元気(げんき)ですか？
早安。你好嗎？

## 使用時機及技巧

梅等級的「どうも。（你好）」是彼此要有一種程度的認識才能使用的說法。重點是說的時候臉上要帶著笑容，如果可以再加上點頭的動作，對方的印象會更好。

竹等級是由打招呼及天氣所構成的對話內容，松等級則是藉由詢問和對方有關的問題，創造出溝通交流的機會。

只要記住，梅等級＝只有打招呼；竹等級＝簡短的對話；松等級＝可以發展成更長的對話。

不過，若注意到對方正在趕時間或是正在忙，這時只要簡單地說一句「どうも。（你好）」或是「おはようございます。（早安）」即可，像這樣體貼的心意也很重要。

1-07

## 〔勸告〕對方在錯誤的時間倒垃圾

每個人都有搞錯或是不小心犯錯的時候。這時請不要咄咄逼人的責怪對方，只要以同為住戶的立場，親切地提點對方一下即可。

梅

**困ります。**

這樣我們很困擾。

竹

**今日は、ゴミの日ではありません。**

今天不是倒垃圾的日子。

松

**指定された日に、ゴミを出しましょう。**

請在指定的日子將垃圾拿出來倒。

### 使用時機及技巧

梅等級是將自己的情緒直接表達出來的說法，是一種不客氣、冷淡且比較失禮的說話方式。雖然是真的覺得很困擾，但這麼直接地向對方表明可能會招致反效果，聽起來也很粗魯，不得不慎。

竹等級是指正教導對方的說法，「ゴミを捨てる日ではありません（不是倒垃圾的日子）」這個句子帶有親切告知對方的意思，和梅等級相比既不會讓人不快，也並未表露自己的情緒。

松等級則帶有「ルールを守りましょうね。（要守規則喔。）」、「みなさんも守っていますので。（大家都很守規則。）」這種溫柔提醒對方的語氣，是比較有溫度的表達方式。這是比較站在對方的立場，也較不具侵略性的說話方式。

6:00~9:00

1-08

## 穿越人群的時候

（對不特定對象的請託）

插隊不應該，但預防碰上不得已的緊急狀況，還是把好用的句子放在心上吧。

**梅**

ちょっと入(はい)っていいですか？

可以讓我過嗎？

**竹**

すみませんが、ここ失礼(しつれい)します。

不好意思，打擾了。

**松**

申(もう)し訳(わけ)ありませんが、入(はい)らせていただけないでしょうか？

真是抱歉，能不能借過一下？

### 使用時機及技巧

梅等級除了會讓對方不太高興，周圍的人聽到應該也會皺眉頭。不該存有「反正不會再見面，有什麼關係」這種自私的想法。

竹等級的「すみませんが（不好意思）」則可以向對方傳達自己感到抱歉的心情。相較於「いいですか（好嗎）」，「失礼(しつれい)します（打擾了）」更能激起周圍人士的合作精神，會覺得「幫忙一下也無妨」。

松等級最恰當。「申(もう)し訳(わけ)ありませんが（真是抱歉）」會讓人冒出「啊，得讓他通過」這種想法，甚至可能會想對方是因「身體不舒服」、「有小孩」等理由才會這麼做，便出現「困(こま)ったときはお互(たが)い様(さま)（有困難時要互相幫忙）」這類想法。

1-09

〔勸告〕

## 遇到別人插隊時

當在等電車、等待結帳、等待入場或是在售票機前等待購票的排隊人龍中，若是被人插隊，心情一定會很差。但若是真的遇到這種情況，一定要顧慮身邊的人的感受，並以成熟的態度應對，才算是具備日本人應有的美德。

梅

ちゃんと並(なら)んでください。

請好好排隊。

竹

最後尾(さいこうび)はあちらですよ。

隊伍的末端在那裡。

松

申(もう)し訳(わけ)ありませんが、みなさんと同(おな)じようにご協力願(きょうりょくねが)いますよ。

不好意思，麻煩您配合一下，和大家一起排隊。

### 使用時機及技巧

勸告別人時要注意的是日本體貼及重視禮儀的溝通文化；①不要只顧自己的感受，也要注意對方以及其他人的感受；②在用字遣詞上避免以禁止、否定的語氣表達，而是使用請託、肯定的語氣表示。

雖然也有人會認為對於不守規矩的人無需體諒，但你的說話方式會反應出你自己的人格及品性。

梅等級過於直接，使用時要特別小心；竹等級是若無其事地引導對方；松等級則是請求對方為了大家好而協力配合。不是和I（我），也不是和YOU（你），而是為了和THEY＝大家一樣而一起嚴守規範，只要以這樣的說法表達，就能和氣圓滿地大事化小，小事化無。

# 大和言葉

## 之一／名詞篇

雖然現代語中充斥著各種縮寫和流行語，但大和言葉或賢語卻是溝通時，能將自己的感覺如實地傳達給對方的利器。不只能將一些難以啟齒卻非說清楚不可的話，以三言二語簡單概括，同時還能向對方傳達自己的想法。大和言葉或賢語是比松竹梅層次更高的高級溝通用語，請務必好好地運用。

※上（大和言葉）＝下（語意）

|  |  |
|---|---|
| あらまし | 概要、大概 |
| ・追(お)って書(が)き<br>・なおなお書(か)き | 附註 |
| ・覚(おぼ)え書(が)き<br>・おぼえ | 記事 |
| おもうむき | 風情 |
| 面影(おもかげ) | 身影 |
| 掛(か)かり | 費用 |
| 形(かた) | 擔保 |
| きざはし | 階梯 |
| 仕切(しき)り | 結帳 |
| しもたや | 民宅 |
| 綴(と)じ込(こ)み | 檔案 |
| ならし | 平均 |
| 荷(に)が勝(か)つ | 勉強 |
| ・値踏(ねぶ)み<br>・みつもり | 估價 |
| ひらめき | 點子、發想 |
| ・文(もん)<br>・便(たよ)り | 信件 |
| まろうど | 客人 |
| 実入(みい)り | 收入 |

# 第二章

9:00～13:00

2-01

## 〔報告〕遲到的時候

有時候會因為一些不得不的理由而遲到。這時除了要視對象從梅、竹、松這三個等級的句子中，選擇合適的句子來回應，最重要的還是要向準時到達的人表達歉意。

**梅**

ごめん、ちょっと遅(おく)れる。

抱歉，我會晚點到。

**竹**

すみません、遅刻(ちこく)します。

不好意思，我會晚到。

**松**

時間(じかん)に間(ま)に合(あ)わず、申(もう)し訳(わけ)ございません。

沒辦法準時到達，非常抱歉。

### 使用時機及技巧

梅等級是用於朋友或家人，竹等級則是用於較正式的場合，例如與公司的前輩或是與學校的學長應對的時候。松等級也是用於正式場合，使用對象是上司、教授、交易對象等地位較高或是對自己特別照顧的人。

要記住重要的是傳達歉意。表示道歉的梅竹松三個句子「ごめん（抱歉）」→「すみません（不好意思）」→「申(もう)し訳(わけ)ございません（很抱歉）」是依照禮貌程度排序。雖然同樣都是道歉，用錯說法，可能會招致反效果。

無論如何，就是要先道歉，然後告知自己將會遲到的事實以及預定到達的時間，若情況允許，一併告知自己目前的所在位置及遲到的理由，對方應該會比較能接受。

## 應用一　孩子上幼稚園遲到時

**さくら組の中村太郎の母でございます。今朝、太郎が寝坊しまして、少し遅刻してしまいます。10時までには送っていきますので、よろしくお願いいたします。**

我是櫻花班中村太郎的母親。太郎今天早上睡過頭，所以會稍微遲到。我會在十點之前送他到學校，麻煩您了。

當事情不如預期，重點在於不要慌張，簡潔地向對方說明情況。這時傳達給對方的訊息應該要包括自己的名字、目前的狀況，以及今後的應對措施。

## 應用二　打電話到公司報告遲到

**おはようございます。申し訳ありませんが、頭痛がしまして、少し休んで昼から出社させていただきます。A社の対応は中村さんに別途メールを送ります。よろしくお願いいたします。**

您早。很抱歉，由於頭痛的關係，請容我稍事休息之後再去上班。A公司方面，我會另外寄電子郵件告知中村先生。拜託您了。

在這個情況下，重點在於是否能向接聽電話的人「確實傳達都是自己的不小心」。就算直屬的上司或負責人不在，或是一大早只有電話錄音，也要以簡潔的方式清楚地傳達。

## 應用三　和朋友相約喝酒遲到時

**ごめん、今仕事が終わって、これから向かいます。7時半には着くと思うから、先に始めててね。**

對不起，我現在才下班，現在要過去了。我想我七點半左右會到，你們先開始吧。

就算是朋友之間的聚會，也要避免以隨便的態度應對，若是會遲到就要早點說。完全沒聯絡或不知去向是最讓人困擾的行為。不要等到參加聚會的人打電話來問，由遲到的人自己先聯絡是最基本的禮貌。

2-02

## 〔報告〕休假的時候

告知休假的訊息與報告遲到的訊息時一樣，同樣得依對象選擇合適的說法，儘量做到不失禮於人。

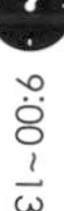

9:00~13:00

梅

今日（きょう）は、休（やす）むね。

我今天要休假喔。

竹

すみません、お休（やす）みします。

不好意思，我要休假。

松

申（もう）し訳（わけ）ありませんが、本日（ほんじつ）は休（やす）ませていただきます。

很抱歉，今天請容我休息一天。

### 使用時機及技巧

竹等級是梅等級的禮貌說法，但這二者之間有很大的差別，梅等級只能用於向朋友或家人傳達學校放假、公司休假或是其他課程停課的狀況。

而以道歉的語句開頭，並在字首加上接頭語「お」的竹等級，雖說是比較禮貌的說法，但卻不會過度有禮，所以適用的對象十分廣泛，從朋友、前輩到上司、老師，皆可使用。即便是朋友關係，一旦造成對方困擾，還是可以用較禮貌的說法表達，對方比較不會感到不快。

松等級除了可用於商務場合，還可以用於居上位者或是關係較不親近者。就算身體不舒服，也別忘了還是要考量周遭人士的心情。

2-03

〔應對〕

# 對方遲到／請假

別人突如其來地說會遲到或是要請假是不是讓人非常困擾？不過，說不定哪天自己也會有和對方立場互換的時候，所以就讓我們秉持著互助的精神，相互掩護吧。

梅

わかりました。

我知道了。

竹

そうですか、早(はや)めに病院(びょういん)に行(い)って治(なお)してください。

是這樣啊。請儘早去看醫生治療。

松

承知(しょうち)いたしました。どうかお大事(だいじ)になさってください。

我知道了。請保重身體。

## 使用時機及技巧

梅等級是僅就已發生的事實表達理解的說法。由於這樣的回應稍嫌冷淡，為避免在對方心中留下不好的印象，可以加上「気(き)をつけて来(き)てね。（你來的時候請小心。）」或是「お大事(だいじ)に。（請保重。）」，對方會覺得你很體貼。

竹等級是種很微妙的回應方式。單從這句話很難判斷說話者是真的擔心對方的身體，還是其實覺得很煩擾。不過就算只是場面話，作為一個社會人，還是應該要加上希望對方早日康復的語句。

松等級在最後加上一句關心對方的語句，會讓對方印象更好。這種場合，來電方的心理狀態其實很像是到客場比賽的選手。為了不要讓對方的身心狀態惡化，記得要以松等級這種成熟的態度來應對。

9:00~13:00

2-04

# 〔應對〕應答

雖然小朋友或是關係極為親近的人之間會用「うん（嗯）」回應對方，但在成熟大人的世界還是要用「はい（好的）」才符合常規。不過，還是得視實際的情況來決定應答的方式。

梅

はい。

好的。

竹

わかりました。

我知道了。

松

承知（しょうち）しました。

我明白了。

## 使用時機及技巧

當別人向你傳達某件事，或是在與你通電話時，你都是如何應答的呢？尤其通電話的時候通常看不到對方的表情，若像這樣的時候都還悶不吭聲，對方怎麼知道你是否明白他在說什麼。

梅等級的「はい。（好的）」是最簡單的應答方式。除了表示自己有在聽，也表達了自己理解對方在說什麼。用在對方每段話告一段落的地方，可以有效地向對方傳達自己理解對方所說的內容，不過若過於頻繁地使用，反而會讓人反感。

竹等級和松等級不只是單純的應答，同時還向對方傳達自己理解、承諾、同意對方說的話。

2-05

〔請託〕

# 請對方再說一次

聽不清楚的時候，可以只說「え？（咦？）」，但如果要請對方再說一次，就要視對話的脈絡選擇相應的表達方式。

梅

え？　もう一回言ってもらえる？

咦？你可以再說一次嗎？

竹

すみません、もう一度お願いします。

不好意思，麻煩你再說一次。

松

申し訳ありませんが、今一度おっしゃっていただけませんか？

很抱歉，可以麻煩您再說一次嗎？

使用時機及技巧

聽不清楚或無法理解對方所說的話時，常會需要請對方再說一次，為了儘量不要讓對方感到不愉快，平時就必需掌握正確的表達方式。

梅等級是很直白地要求對方再說一次，若用在關係不夠親近的人身上，可能會讓對方感到不快。使用時如果想要展現禮貌，可以在向對方提出要求之前，額外加上一句表達歉意的話。若是比較不正式的場合，可以用「すみません。（不好意思）」。比較正式的場合，則可改以「申し訳ありませんが、（很抱歉）」，或是「恐れ入りますが、（不好意思）」來表達。竹等級是可以對店員使用的說法，松等級則是對上司或是地位在自己之上的人使用的說法。

2-06

〔應對〕

# 應和

溝通最重要的是向對方傳達感謝及愛。所謂的「相槌（應和）」，就是「愛槌（愛的應和）」的意思。和對方溝通時，在心理上要做好準備，確實承接對方丟過來的球。

梅

**そうだね。**

對啊。

竹

**そうですね。**

說得也是。

松

**さようでございますね。**

您說得對。

## 使用時機及技巧

上司說「明日大雪らしいよ。（明天似乎會下大雪）」，但天氣預報卻顯示明天會下大雨。這種情況，不要直接否定上司，而要先以「そうなんですか。（這樣啊。）」附和對方，之後再說「先ほどの予報では大雨に変更に…（先前的天氣預報改成會下大雨）」。這樣就可以在不否定對方的前提下修正對方的發言。

梅等級簡單輕鬆，是朋友間才能使用的說法。竹等級是敬語，所以是對「平輩或同地位」的對象使用的說法。松等級則是用於「下對上」，也是展現最高敬意的說法，可以學起來以備不時之需。這三種都是表示同意的說法，所以在說話時若可以加上點頭的動作，更能清楚的傳達。

2-07

〔應對〕

# 表示同意對方想法

「同意」表達的是協同、贊同、同理。而同意的表現能力，則與能導引出對方反應的「傾聽能力」習習相關。

梅

そう思う…。

我也這樣想…。

竹

私もそう思います。

我也是這麼想。

松

- わたくしも同感です。
- 共感いたします。
- 我也有同感。
- 我有同感。

使用時機及技巧

梅等級是單純、不帶任何情緒的回應。但這樣的回應會給人一種「心不在焉」的感覺，進而使得對方的不快指數上升。竹等級是既簡單又最保險的說法，有讓對方不快指數歸零的效果。那麼松等級又如何呢？對方可能會認為你是具有傾聽能力的人，別說是不快了，甚至可能會讓對方心情變好。

如果再加上「○○さまのご意見に（對於○○先生（小姐）的意見～）」或「○○のところに（對於○○）」等說法會更加分。如果只說「いいね（不錯喔）」，對方不太容易判斷你是覺得哪裡不錯，或是同意哪個部份，反而會讓對方懷疑你是不是真的認同自己說的話。

9:00~13:00

2-08

## 〔應對〕表示理解

「了解（りょうかい）（理解；諒解）」是好像知道卻又經常會搞錯的一個詞。由於回應對方發言時，常會用到這個詞，因此讓我們再次確認一下它的用法吧。

梅

了解（りょうかい）。
知道了。

竹

わかりました。
我知道了。

松

・承知（しょうち）しました。
・承（うけたまわ）りました。
・かしこまりました。
我明白了。
我明白了。
我明白了。

### 使用時機及技巧

梅等級的「了解（りょうかい）。（知道了。）」是對同事或部屬使用的說法。最近幾年，也有人把這個說法用於上司或交易對象等地位比自己高的人，因為這是比較不禮貌的說法，所以請儘量別這麼用。

竹等級的「わかりました。（我知道了。）」只是單純表達了解，難以判斷說話者的真意為何，是比較有風險的回覆方式。例如受託幫忙影印，竹等級代表我知道要去影印，但不知道實際的細節為何。這時應該要用松等級的「承知（しょうち）しました。（我明白了。）」，回應中隱含著要去行動的意思，有「我這就去影印十張」的感覺，使用的對象是上司或長輩。當在選擇回應方式的時候，應該選擇能給予對方安心感及信賴感的說法。

## 謹んでお引き受けいたします。

我很樂意接下這份差事。

「お引き受けいたします。（請讓我接下這份差事。）」是在接受來自於（接到）交易對象或上司的請求或請託時使用的句子，是比「はい、やります。（好，我要做。）」更有禮貌的回應方式，能讓你在對方心中留下值得托付的好印象。這個說法和交付的事情重要程度無關，隨時皆可使用。當你想要以比較有禮貌的語氣表達時可以試著用用看。其他像是「かしこまりました。（我明白了。）」也可以試著使用看看。我想各位在餐廳點完餐後，應該常有機會從店員口中聽到這句話。不妨模擬店員說話時的情境，試著使用看看。

## 力不足かもしれませんが、精一杯努めてまいります。

或許我力有未逮，但我會盡力而為。

這個例句是在接到上面交辦的任務，必須擔任某個專案的負責人時所說的話。句中透過「力不足ですが、（力有未逮）」的說法來表示謙遜的態度。另外，這時有個絕對不能用的說法是「役不足（大材小用）」。這個詞是表示以自己的能力而言，這份工作實在太過輕鬆簡單的意思。若以這樣的說法回應，上司可能會對你很失望，使用時一定要特別小心。

## 困ったときはお互い様ですよ。

有困難時要互相幫忙。

這句話是用在對方有困難向你尋求協助，或是你想幫助對方，卻又不希望造成對方心理上的負擔時所說的話。雖然也可以默默地提供協助就好，但能補上這句話，更能表現出體貼對方的心，讓對方覺得你是一個很出色的人。

9:00~13:00

2-09

# 〔應對〕接聽電話

商務上的電話應對可稱之為公司的門面，必須隨時注意以爽朗的態度應對，以免讓對方留下不好的第一印象。

**梅**

もしもし、中村（なかむら）です。

喂，我是中村。

**竹**

もしもし、中村（なかむら）でございます。

喂，我是中村。

**松**

はい、中村（なかむら）でございます。

是的，我是中村。

## 使用時機及技巧

接電話時的回應和「おはようございます。（您好）」之類的問候一樣，都會左右對方的第一印象。此外，電話和直接面對面的場合不一樣，為了讓對方更容易聽清楚說話內容，注意說話時要簡潔明快。

梅等級和竹等級的「もしもし（喂）」因為是比較口語的說法，基本上只能在私人電話中使用。商務上嚴禁使用「もしもし」。打工時如果有要接電話的情況，就要特別小心，不要用錯了。

竹等級的「～でございます」是比丁寧語「です／ます」尊敬程度更高的敬語。在商務場合中，要使用以「はい」替換「もしもし」的松等級來表達。

2-10

# 〔應對〕撥打電話

由於電話中看不到對方的表情，因此除了要注意聲調之外，還要留意用字遣詞，如果以不正確的用字遣詞應對，可能會讓對方留下不好的印象，所以請務必掌握正確的說法。

梅

もしもし、中村（なかむら）さんですか？

喂，請問是中村先生嗎？

竹

中村（なかむら）さんでいらっしゃいますか？

中村先生在嗎？

松

中村（なかむら）と申（もう）しますが、松本（まつもと）さまでいらっしゃいますか？

敝姓中村。請問松本先生在嗎？

使用時機及技巧

梅等級是不會過於禮貌也不會過於口語的說法。一般撥打電話若是使用梅等級的說法，基本上都不會出錯，適用範圍很廣。即使是商務上，撥打電話的人，如果是為了確認電話是否有接通而使用「もしもし（喂）」也是沒問題的。

竹等級及松等級和梅等級的不同之處，在於這二句都將梅等級的字尾改成「いらっしゃいますか？（～在嗎）」。在職場及其他正式的場合，或是當通話對象的地位高於自己的情況，使用這樣的敬語才是合宜的表現。特別當通話對象是交易對象、客人或地位較高者時，若能進一步將敬稱的「さん」換成「さま」，將更能夠表達敬意。

9:00~13:00

## 2-11 〔應對〕留言

傳話遊戲可以容許出錯，但工作中的訊息傳遞是絕不容許任何失誤的。當無法面對面直接傳達，或必須委託別人代為轉達時，請在傳達時兼顧禮貌與簡潔。

**梅**

これ、伝えといて。

幫我留個話。

**竹**

- 伝えてもらえませんか？
- 伝えていただけないでしょうか？
- 可以請你幫我轉達嗎？
- 可以麻煩您幫忙轉達嗎？

**松**

お使いだてして申し訳ありませんが、こちらの件につきましてお伝え願えませんでしょうか？

抱歉麻煩您，是否可以請您幫忙轉達這件事？

### 使用時機及技巧

梅等級是對朋友或後輩使用的說法。雖然很簡潔，但若請託的對象是上司、前輩或是不認識的人，以這個說法表達將會非常失禮。

竹等級的重點在於藉由「～ませんか？（是否～）」的詢問方式來委託對方。透過這種把決定權交給對方的說法，比較不失禮。

松等級的「お使いだてして申し訳ありませんが（麻煩您很抱歉）」是先傳達對方自己心懷歉意，再說明有事拜託，是拜託人做事情時很常用的說法，請記下來。另外，也可以使用「お手数ですが、（麻煩您，）」或是「お忙しいなか恐縮ですが、（百忙之中打擾您不好意思，）」作為開場白，對方會比較容易答應請求或轉達留言。

2-12

〔應對〕

# 答應代為轉達留言

最重要的是要向對方表現出自己既然答應轉達留言，要負起責任完成任務。回應對方的話語中，務必帶有表示「我會轉達」之意的說法。

梅

はい、伝（つた）えます。

好的，我會轉達。

竹

はい、お伝（つた）えいたします。

好的，我會轉達。

松

承知（しょうち）しました。申（もう）し伝（つた）えます。

我明白了，我會代為轉達。

使用時機及技巧

答應轉達留言的說法中最簡單的就是梅等級了。來電者若在地位上屬於同輩、後輩，或是親戚、鄰居打到家裡的電話，應該都能以梅等級回應。

只不過梅等級可能會給人態度冷淡的印象。無論是打到公司或是家裡的電話，回應時若能像竹等級一樣，在「伝（つた）える」加上「お」，再把句尾改成「いたします」，就能提昇禮貌程度及親近感，給人的印象會更好。

松等級則是加上表示理解的「承知（しょうち）しました。（我知道了）」，並以「申（もう）し伝（つた）える（代為轉達）」代替「言（い）っておく（我會說的）」或「伝（つた）える（傳達）」。更有禮貌的松等級是適合用於商務場合或正式場合的說法。

9:00~13:00

2-13

# 〔應對〕敲定時程

重要的是要優先考慮對方的行程與方便，一邊跟對方商量一邊調整詳細的行程。畢竟是全看對方方便的事，要先了解該注意的禮貌講法。

**梅**

29日(にち)あたりはどう？

29日左右怎麼樣？

**竹**

29日水曜(にちすいよう)の午後(ごご)はいかがでしょうか？

29日星期三的下午可以嗎？

**松**

中村(なかむら)さま、29日水曜(にちすいよう)20時(じ)はご都合(つごう)よろしいでしょうか？

中村先生，29日星期三的下午8點您有空嗎？

## 使用時機及技巧

依情況，有時單方面的擅自決定約定的時間也不是不行，但這裡的松竹梅三個等級都介紹向對方提案來決定時間時用的句子。

梅等級用「あたり（左右）」這樣曖昧、抽象的講法，會導致還要繼續問對方「哪麼30日怎麼樣？其他日子呢？」這種情況，一下子就把時間浪費掉。

竹等級有提到星期和時間帶，對方會比較容易決定。

松等級先稱呼對方名字，給對方我鄭重、真誠地特地為您服務的感覺。另外，用「～でしょうか？（～嗎？）」這樣詢問，可以避免給予對方強迫更改日期的感覺，是魔法般好用的語尾句。

2-14

## 〔應對〕調整行程

變更預定行程時，要注意「不要露出厭煩的感覺」、「不要提出任性的要求」、「擺出為對方著想、願意商量的姿勢」。

梅

来週に変更で大丈夫？

改成下禮拜沒問題嗎？

竹

できましたら、来週お時間をつくっていただけますか。

可以的話，下禮拜可以擠出一點時間嗎？

松

それでは中村さま、勝手ながら、来週後半のご都合はいかがでしょうか。ご調整お願いいたします。

那麼，中村先生，冒昧的請問您下禮拜後半有沒有空？麻煩您調整行程。

### 使用時機及技巧

像梅等級的「～で大丈夫？（～這樣行嗎？）」這樣的講法在商務場合會給人不好的印象。竹等級是常見的句子，可以禮貌並順利的問出對方是否方便。給出大約的時間也能讓對方方便回答自己的行程。

松等級的先說「それでは中村さま、（那麼，中村先生，）」作為開頭，接下來說「勝手ながら（冒昧的）」，有效的向對方表示自己的歉意。若聽者也能忍住不顯露出「要改行程啊」、「麻煩死了」這類厭煩的心情，溫和的交涉的話，對方也會評價你能做出「成熟的對應」，工作也能順利進行吧。

2-15

# 〔應對〕詢問姓名

商務場合詢問姓名的機會似乎會比私人聚會來得多。而失禮的詢問方式又很容易讓人留下不好的印象，因此請務必將合宜的問法記起來。

梅

**お名前は？**

你的名字是？

竹

**お名前を教えていただけますか？**

可以請教您的名字嗎？

松

**お名前を頂戴できますか？**

可以請教您的名字嗎？

## 使用時機及技巧

梅等級雖然在「名前（名字）」前加上「お」，但這完全是上對下的詢問方式。年長者可以對年紀輕的對象這樣問，但對自己的長輩和同輩這樣講都是不合宜的。

竹等級或松等級適合於日常生活中的大多場合。商務場合也可用，但竹等級在句尾以「**いただけますか**（可以～嗎）」表示禮貌，更加常見。松等級改以謙讓語「**頂戴できますか？**（可以～嗎？）」來表達，除了可用於商務上，也適用於服務業與客人應對的情境。如果是和初次見面的人碰面一般的場合，在前面加上一句緩衝用語「**失礼ですが、**（不好意思，）」也不錯。

2-16

〔應對〕

# 詢問對方的職業

當談話涉及「工作」、「婚姻狀態」、「住處」、「學歷」等不方便詢問的內容時，可透過「唐澤式自我揭露作戰法」，讓你能在對方不產生不快及不信任感的狀態下，順利得到想要的資訊。

**梅**

仕事は何してるんですか？

你做的是什麼工作？

**竹**

現在は、どんなお仕事につかれていますか？

您目前從事什麼樣的工作呢？

**松**

失礼ですが、私は教師をしていますが、どのようなお仕事をなさってますか？

不好意思，我目前是一名教師，請問您是從事什麼樣的工作呢？

### 使用時機及技巧

我在詢問對方之前，都會先以「我是○○」向對方揭露自己的資訊。自己先敞開心胸，比較容易獲得對方的回應。這就是「唐澤式・自我暴露會話法」。

梅等級過於直接露骨，可能會引人反感。竹等級可用於私人場合，但商務場合則踩在危險邊緣。

對方若是同輩、長輩或是地位稍高的人，用松等級較為適合。如果再加上詢問的理由，對方會更願意回答。

無論如何，最重要的是不要深入追問細節。除非是對方自己主動提，才能進一步地追問下去。

9:00~13:00

2-17

〔交流〕

# 自我介紹

第一印象非常地重要。而自我介紹又會大大地左右別人對你的第一印象。因此，無論是哪一種表達方式，說話的時候都要面帶笑容，以輕快又有精神的語調表達。

梅

はじめまして。中村（なかむら）です。

初次見面，我是中村。

竹

はじめまして。中村太郎（なかむらたろう）と申（もう）します。

初次見面，我叫中村太郎。

松

お初（はつ）にお目（め）にかかります。中村太郎（なかむらたろう）でございます。

初次見面，我是中村太郎。

## 使用時機及技巧

以梅等級來說，可以用在學校班級中自我介紹之類的場合。除了報上自己的名字，還可以加上自己喜歡別人怎麼稱呼，或是個性之類的相關資訊，別人會更容易記住你。梅等級的表達方式也可以用於與同學初次見面的場合。

竹等級是社會人士很常使用的說法。常用於眾人面前進行簡報之類的情境，對任何人使用都不會讓人覺得失禮。竹等級的重點在於確實將自己的姓名完整告訴對方。

松等級是非常有禮貌的說法。通常是對ＶＩＰ貴賓或是年長者使用。

## 應用一

**お会いできてとても嬉しいです。唐沢出版の中村太郎と申します。**

**很榮幸和您見面。我是唐澤出版的中村太郎。**

在自我介紹的時候表明自己所屬的單位，對方會比較容易想像出你是什麼樣的人。如果是在商務場合，通常會介紹自己的公司名稱及部門；若是學生，則通常是介紹自己的大學名稱、學系、學年。不過光是表明所屬單位似乎還是太過簡短，若能加上一句促進現場氣氛的「お会いでき嬉しいです。（很高興和您見面。）」，更能讓你在對方心中留下好印象。

## 應用二

**趣味は映画鑑賞で歴史のジャンルが好みです。年間約１００本の映画を観に行っています。**

**我的興趣是觀賞電影，偏好歷史類的影片。一年會觀賞大約１００部電影。**

自我介紹中最常出現的是和興趣有關的話題，因此若能在自我介紹中，將容易產生記憶點的事物與嗜好相互結合，對方會更容易記住你，比如說數字就是其中一種，例句就是利用「１００部」這個數字來向對方表達自己真的很喜歡觀賞電影。雖然表現出對興趣過度狂熱的樣子不太好，但還是可以試著利用具體的數字來呈現自己的興趣。

## 應用三

**芸能人の市川さんのようにめげない性格です。**

**我的個性像藝人市川先生一樣正向積極。**

各位在自我介紹時，通常都會談到自己的個性。而這時你是不是都用「明るいです。（開朗）」、「おとなしいです。（文靜）」就交代過去了呢？這樣的説法是不可能讓人留下深刻印象的。如果能用藝人之類的名人來做比方，對方不但容易想像，也能幫助記憶。各位在做自我介紹時，不妨試著找一位藝人來比喻看看。

## 應用四

**トマトを愛してやまない中村太郎です。**

**我是熱愛蕃茄的中村太郎。**

自我介紹時若要讓對方記住你，其中一種最有效的方法，就是為自己取一個稱號。例如電視廣告就常會用一句話，將一間公司的名稱與它的特色串連在一起。我想你的腦中應該也有類似的例子。請在自我介紹時，好好利用這個自我添加的稱號，讓對方更容易記住你。

9:00~13:00

2-18

## 〔交流〕問候

不知道該如何與人攀談的時候，可以試著以一句簡單的問候做為開啟對話的契機。好好運用這些句子，積極地找人說話吧。

**梅**

よう！元気（げんき）？

唷！你好嗎？

**竹**

お元気（げんき）ですか？

你好嗎？

**松**

ご機嫌（きげん）いかがでしょうか？

您好嗎？

### 使用時機及技巧

梅等級是用於朋友或熟人。擦身而過的時候，不妨試著以這個句子開朗地向對方打聲招呼吧。如果什麼都不說，對方可能會覺得自己被無視，進而影響到對你的印象。

竹等級可用於鄰居、家族的友人等，如果關係親密，即使對方的地位較高也可以使用，是可以廣泛使用的說法。若能適時地搭配點頭與招呼的動作，會顯得更有禮貌。在陽光明媚的日子，帶著自然的微笑與人溝通交流，會讓自己和對方都有好心情。

對於地位較高或關係較不親近者，不如以松等級的說法試著詢問一下對方的心情或身體狀況吧。搞不好會是打開溝通之門的契機。

# 「ごきげんよう。」（你好。）

和「ご機嫌いかがでしょうか？（您好嗎）」相關的「ごきげんよ。（你好）」。

這個用法在現代日常生活中幾乎不太聽得到。我都把它當成是瀕臨絕種的詞，雖然愈來愈少用，但身為一個日本人，還是應該要了解一些它的語源以及原本的意思才是。

高雅且優雅的「ごきげんよ。」是源自於室町時代中期、宮廷中的女官所用的詞。在現代使用的印象中，相較於男性，「ごきげんよ。」確實是女性較為常用，也非常適合女性使用的詞。這個詞後來輾轉被納入江戶上級武士家族詞語基礎的「山之手方言」中，直到了明治時代才納入貴族及華族所使用的詞彙。

山之手方言除了「ごきげんよ。」以外，還有「ざます」等詞，印象中都是像多啦A夢裡的小夫的媽媽那種討人厭的有錢人會使用的字眼。

「ごきげんよう」是由「ご機嫌良く」變化而來的，而「ご機嫌」並不單純是心情的　思，也代表身體狀況及身體健康的意思。在時代劇中常聽到「殿もご機嫌麗しく…」這句台詞，這句話不是指大人的心情很好，而是表示身體狀況很好的意思。也就是說，「ごきげんよう」是「どうぞお元気でお過ごしください（請您保重）」省略之後的問候語。

2-19

## 〔問候〕久未見面的對象

9:00~13:00

這麼久沒見面卻讓對方留下壞印象，實在是很可惜！使用正確的說法，享受彼此見面的時光吧。

**梅**

久しぶり。元気だった？

好久不見，你好嗎？

**竹**

お久しぶりです。お元気でしたか？

好久不見，你好嗎？

**松**

ご無沙汰しております。お変わりございませんか？

久疏問候，一切是否安好？

### 使用時機及技巧

梅等級中並未包含任何敬語，所以是對朋友等關係較親近的人使用的說法。除了「久しぶり。（好久不見）」之外，還可以趁機關心一下對方的身體狀況或近況，雙方的關係會更親近。

竹等級和梅等級的不同之處在於「久しぶり」與「元気」都加上了「お」及「です」。二句都因此變成了丁寧語。

竹等級的說法既不會太生硬，也不會過於口語，是很平衡的說法，包括前輩、熟人、親戚等，幾乎所有地位高於自己的人皆可使用。

松等級和梅等級的語意相同，不過是更謙遜的說法。通常是用於地位極高或是需要特別表達敬意的對象。

# 「ご無沙汰（久疏問候）」與「久しぶり（好久不見）」

這些都是對很久沒見面的人使用的說法。

我們先從個別的意思來看。

「ご無沙汰」的「沙汰」是指如「警察沙汰になる（警察曾介入調查的）」這種有問題的行為，或是像「週刊誌に取り沙汰される（刊登在雜誌週刊上的）」這類成為話題焦點的意思。此外，還有在本節所表示的「消息」、「通知」的意思，「ご無沙汰」基本上就是沒有任何消息的意思。

「久しぶり」中的「久」這個漢字本身就具有「很長的一段時間」的意思。「～ぶり」則是表示人的樣子、狀態或是相隔多久的意思。

就如各位目前所知，這二個用法的意思其實非常相似。那麼這二個用法可用在上司或是地位高的人身上嗎？答案是，二者皆可用。只要如例句般在句尾以丁寧語表達就沒問題。「ご無沙汰しておりますが、いかがお過ごしですか。（久疏問候，您是否安好？）」還可以用於電子郵件或書信。

9:00~13:00

2-20

## 〔關心〕向身體不適的人搭話

自己身體不舒服的時候，收到別人的關心問候，通常都會很開心。為了能在這種時刻正確的應對，就要好好地學習該怎麼說。

梅

ゆっくり休(やす)んでね。

好好休息喔。

竹

お大事(だいじ)になさってください。

請多多保重。

松

体調(たいちょう)いかがされましたか？病院(びょういん)までお送(おく)りいたします。

你還好嗎？我送你去醫院。

### 使用時機及技巧

梅等級是對朋友或家人等關係親近的人使用的說法。如果可以再加上「病院(びょういん)に行(い)ったら？（要不要去醫院？）」這種表示關心的語句會更好。

竹等級是經常在醫院及藥局會聽到的問候。但也不是說平時就不能用。如果是朋友關係，可以只說「お大事(だいじ)に。（保重。）」；如果是認識的人或是地位在自己之上者則是會講「お大事(だいじ)になさってください。（請多多保重。）」。

松等級是限定在某個情境才能用的說法，通常是用在上司這類地位高於自己的人身上。這種情況就不要只動口，還是要隨機應變，並在當下適當地採取行動。多一分體貼和關心，就有可能大大改變你在職場上的評價。

2-21

## 〔提問〕問路

不論措辭是否有禮，都必須要搞清楚說話的對象及目的。別忘了，對方的反應將取決於你傳達的內容！

**梅**

郵便局(ゆうびんきょく)はどこ？

郵局在哪裡？

**竹**

郵便局(ゆうびんきょく)はどちらでしょうか？

請問郵局在哪裡？

**松**

道(みち)をお尋(たず)ねしたいのですが、郵便局(ゆうびんきょく)は、どのように行(い)けばよろしいでしょうか？

我想問路。想請問如果要去郵局該怎麼走才好？

### 使用時機及技巧

在這個場景中，談話的目的是向對方「問路」。當你詢問的對象是身邊擦肩而過的路人，如果懂得最低限度的禮貌，我相信就不會使用梅等級的方式表達。梅等級最多只能用在朋友或家人身上。

在路上隨機詢問路人時，雖然可以使用竹等級表示，不過還是必須在一開始加上「すみません、（不好意思，）」、「恐(おそ)れ入(い)りますが、（抱歉打擾了，）」之類的開場白，以免讓對方感到不快。

此外，若詢問的對象是明顯比自己年長的人，就要用松等級表達。而無論是哪一種情況，在詢問對方之前，還是應該要先確認對方是不是有時間，或是方不方便給人詢問，並表現出感謝對方抽空回答的態度。

9:00~13:00

## 2-22 〔交流〕關心對方的身體狀況

溫柔的關懷讓人窩心。而關心對方的身體狀況又是最直接展現關懷的方式。不過，這樣的行動若能與言語相互配合，效果會更好。

**梅**

大丈夫(だいじょうぶ)？

你沒事吧？

**竹**

体調(たいちょう)はいかがですか？

你的狀況還好嗎？

**松**

お加減(かげん)いかがですか？

您的身體狀況如何？

### 使用時機及技巧

首先有件事要特別注意。當要關心對方身體狀況的時候，如果你已經知道對方身體不舒服，或是對方已經明顯地表現出不舒服的樣子，這時請不要再問對方「元気(げんき)？（你好嗎？）」。這麼問可能會讓對方產生「元気(げんき)じゃないよ！（我一點都不好！）」的感受，不要明明想關心對方，卻反而在對方心中留下不好的印象。

梅等級到松等級都是關心對方身體的表達方式，而其禮貌程度是以由低到高的方式排序。請依照自己與對方之間關係的親疏，或是地位上的差距選擇合適的說法。

另外，也請記住「お加減(かげん)（您的身體狀況）」是用於詢問病人的現況，相對地「体調(たいちょう)（身體狀況）」則適用於任何情況。

**お風邪を召しませんように。**

請小心別感冒了。

這個説法也可以傳達關懷之意。嚴寒的冬天或感冒大流行的時期是最適合使用這句話的時機。

**お忙しいと存じますがどうかご自愛ください。**

我知道您很忙碌，但還請您多多保重。

比起口頭上使用，這個句子更常出現在書信或電子郵件的結尾。「ご自愛ください。」的意思是「お体を大切にしてください。（請您多多保重。）」，而這樣的用法與其説是關心對方的身體狀況，不如説是以禮貌優雅的方式傳達自己的關懷，對方看了之後，對你的印象應該更好。不過如果只表示「ご自愛ください。（請保重。）」，似乎又太過簡短，所以各位可以如例句般，在前面搭配一句和對方目前狀況有關的句子來表達，而這也是一種高級的會話技巧。

**もう少しで甘いものも召し上がれるようになりますね。**

再過一陣子就可以享用甜食囉！

要對生病中的人傳達關懷之情是很困難的事。可以考慮對方的病歷，和病癒之後就能做的事，來提醒對方未來令人期盼。

「もう少しで〇〇できますね。（再過一陣子就能〇〇了喔。）」之類的説法，可以讓對方能對未來的生活懷抱美好想像。如果對方喜歡足球，可以説：「来月、サッカー観戦に行きましょうね。（下個月我們再一起去看足球賽。）」；如果對方是酒友，可以説：「退院したら、快気祝いに一杯行きましょう。（出院之後，我們再好好的喝一杯慶祝一下。）」。為對方打氣，對方自然會對你有好的印象。常言道「心情影響病情」，多幫忙加油打氣，説不定可以讓對方更快恢復健康。

9:00~13:00

## 2-23 〔禮儀〕祝賀

生日、婚禮、通過考試等，雖然表達的都是祝賀之意，但還是要依場合及對象選擇適當的表達方式。

**梅**

おめでとう！

恭喜！

**竹**

おめでとうございます！

恭喜你！

**松**

心(こころ)からお慶(よろこ)び申(もう)し上(あ)げます。

衷心表達祝賀之意。

### 使用時機及技巧

梅等級是在如朋友的慶生會的這類場合中，對關係較親近的人表達祝賀之意時所使用的說法。竹等級則是梅等級更禮貌的說法，可用於各種關係、各類祝賀的場面。

松等級則是對地位高於自己的對象，或是演講之類的場合使用的說法。不過松等級若單獨使用，會讓人覺得有些唐突，因此可以搭配一些簡單的語句來表示自己是對什麼事由衷感到開心，對話會比較自然流暢。

應用一

## 遅(おく)ればせながら、○○につきましておめでとうございます。

雖然晚了些，但仍謹此對○○表達恭賀之意。

應用二

## ご結婚(けっこん)、心(こころ)からお祝(いわ)い申(もう)し上(あ)げます。

衷心祝賀您新婚愉快。

表達賀意時重要的是要能夠及時，但也會有沒辦法快速向對方表達心意的時候。這時就可以使用這個例句。「遅ればせながら」是表示「雖然未能及時送上祝賀之意，但…」的心情。你可能會覺得反正都來不及了，也沒必要再多説什麼，但還是希望各位可以靈活運用這個例句，向對方傳達祝賀之意。

在説「遅ればせながら（雖然晚了一些）」這句話時，可以配合抱歉的神情，而「おめでとうございます（恭喜）」的部份，則可以搭配開朗的語氣來傳達，除了口語表達之外，同時也留意自己説話時的神情，如此一定會在對方心中留下好印象。

在喜宴的場合中，與會來賓的情緒通常也會比較高昂，因此若能在這樣的場合以合宜的用詞表達祝賀之意，給人的印象也會大不相同。

這個例句是對上司或交易對象這類地位較高者使用的説法。重點是要在結婚這個詞的前面加上「ご」。另外，「お祝いする（祝賀）」加上「申し上げます（謙讓語，「説」的意思）」後，敬意程度會更高，是非常有禮貌的表達方式。「～申し上げます」是婚喪喜慶常會用到的句型，最好把它學起來。

2-24

〔關心〕

## 災害等情況的慰問

當對方的處境很艱難時，即便是簡單的一句話，也要特別小心，讓我們以謹慎的態度向對方表達關心吧。

**梅**

- ケガはないですか？
- 大丈夫（だいじょうぶ）ですか？
- 沒受傷吧？
- 你沒事吧？

**竹**

お体（からだ）はご無事（ぶじ）でしょうか？

是否平安無事呢？

**松**

お見舞（みま）い申（もう）し上（あ）げます。

謹此致上問候之意。

### 使用時機及技巧

梅等級和竹等級都是在對方受傷等情況下，詢問對方狀況的句子。不過，梅等級是用於朋友或親戚，竹等級則是用於交易對象或上司等地位高於自己的對象。

至於松等級，則是用在像是梅等級與竹等級這類表達關心對方是否平安、有沒有受傷、目前的狀況等句子之後，作為結尾。

不過，若對象是極為親近的朋友、家人或親戚，使用松等級，可能會顯得過於客氣。這種時候或許可以再加上「大変（たいへん）だったね。（辛苦了。）」、「無事（ぶじ）でよかったね。（平安無事真是太好了。）」這類關心的話會比較好一些。

表示關心很重要，但也要考量對方的身體狀況，這種場合只要簡潔地表達就可以了。

2-25

〔問候〕

# 搬家的問候

當你搬家到其他地方重新開始新生活，很重要的一件事就是要去和鄰居打聲招呼。本節的句子雖然使用的機會不多，但若能在鄰居心中留下良好的第一印象，有助於建立更好的鄰里關係。

梅

引（ひ）っ越（こ）してきた中村（なかむら）です。

**我是剛搬來的中村。**

竹

引（ひ）っ越（こ）してきた中村（なかむら）です。よろしくお願（ねが）いします。

**我是剛搬來的中村。請多指教。**

松

先日（せんじつ）引（ひ）っ越（こ）してまいりました。中村（なかむら）と申（もう）します。よろしくお願（ねが）いいたします。

**我是前幾天剛搬來的，名叫中村。請多多指教。**

使用時機及技巧

梅等級是最簡單、也是最基本的說法。一般來說，問候的內容若只有這句話，會讓人覺得稍嫌不夠用心。若能像竹等級一樣，除了名字另外再加上一句「よろしく（請多指教）」，就是很自然的問候。

松等級是竹等級的敬語版本，會給人更有禮貌的印象。另外，也可以在一開始就先以「**お騒（さわ）がせして申（もう）し訳（わけ）ございません。**（打擾您真是不好意思。）」開場，為自己搬家時所製造的噪音向對方表達歉意。

此外，搬到新家之後應該要盡可能早點去和鄰居打招呼，如果情況允許的話就上午，或者是白天的時候去拜訪，這是基本常識。這時如果可以帶一些不會造成對方負擔的小禮物（如毛巾或餅乾），效果會更好。

9:00~13:00

2-26

〔交流〕

# 表達感謝之意

聽到別人向你道謝，通常都會很開心。所以若你想讓對方感受到你的感謝之情，就要清楚地說出來。

**梅**

どうもありがとう。

謝謝你。

**竹**

ありがとうございます。

謝謝您。

**松**

誠(まこと)にありがとう存(ぞん)じます。

實在是非常感謝您。

## 使用時機及技巧

梅等級可用在朋友、後輩或家人身上，也是表示感謝最基本的說法。竹等級加上了「～ございます」，所以是比梅等級更禮貌的說法。公司、打工地點，或是非私人性質的場合，只要使用「**ありがとうございます。**（謝謝您。）」就一定不會有錯。松等級的「**存(ぞん)じます**」為「**思(おも)う**（想、思考）」的謙讓語，是把「**ありがたいと思(おも)っている**」以禮貌的說法表達。可用於較正式的場合，或是對地位較高者使用。

「**ありがとう。**（謝謝）」在日常生活中極為常用，也是大家自小就非常熟悉的一句話，有人會覺得這根本沒必要多說。下一頁將會介紹一些可以有效地傳達感謝之意的實用賢語，請試著將這些用法應用在生活當中。

**おかげさまで、無事務めさせていただきました。**

託您的福，總算平安完成了。

任務確實完成之後，向提供協助的人表達感謝之意時使用。

**本日はご足労をおかけいたします。**

今日勞煩您大駕光臨，真是不好意思。

生意上的合作夥伴來到公司，對於專程前來的一方表達問候之意時使用。

**お心にかけていただき、感謝いたします。**

感謝您如此費心。

受到上司或鄰居等對象的照顧或是讓對方擔心時，向對方傳達感謝之情時使用。

**ご高配を賜り、ありがとうございます。**

非常感謝您的照顧。

「ご高配」是關心及照顧的意思。這句是非常禮貌的説法，通常是對地位較高的人使用。

**身に余る光栄でございます。**

我感到十分榮幸。

「身に余る」在此是指過獎了。當地位較高的人誇獎自己時使用的説法。

**この上ない幸せでございます。**

這真的讓我開心到無以復加。

當地位較高的人誇獎自己時，或是讓你極為感動時，所做出的回應。

**大変結構なお品物を頂戴し、誠にありがとう存じます。**

收到這麼好的東西，實在非常地感謝您。

藉由加上「大変結構な（非常好的）」表示收到的是非常棒的東西，「頂戴する」是「もらう（得到）」的謙讓語。

**おほめいただくようなことではございません。**

這只是不足掛齒的小事。

這是以低姿態對他人表示尊敬的説法，具代表性。説這句話時要避免讓對方覺得你的態度很傲慢。

9:00~13:00

2-27

〔禮貌〕

# 別人向你道謝的時候

本節所描述的場景在職場、日常生活或私人場合都很常見，回應的方式分為讓人有好感和讓人反感的說法。與其讓人反感，還不如選擇讓人好感的說法對吧。

梅

- いえいえ。
- どうもどうも。
- 沒有沒有。
- 哪裡哪裡。

竹

- とんでもありません。
- 滅相(めっそう)もありません。
- 沒那回事。
- 沒那回事。

松

- こちらこそ、ありがとうございます。
- 礼(れい)には及(およ)びません。
- 我才要謝謝您。
- 不客氣。

使用時機及技巧

梅等級因為語意帶否定，可能會招致反感。竹等級可以常用，但是在語氣上帶有曖昧感覺。松等級則是會讓人讚嘆「さすが！（真了不起）」的完美的回應方式。

我學生時代也曾在面試遭遇挫敗。面試官對我說：「唐沢君(からさわくん)、いいネクタイをしているね（唐澤同學，你的領帶很不錯）」，當時我的回答就是易招致反感的梅等級。對方以不太好的口氣回我：「ほめられたら、まずはありがとうございます、で返(かえ)そうよ。それが礼儀(れいぎ)、マナーですよ。（人家誇你，就應該要先回一句謝謝。這是基本禮貌，也是禮儀）」。面試的結果當然是石沉大海。這些原則雖然簡單，但學校或公司都不會教，所以請務必要學起來。

應用一

## どういたしまして。

不客氣。

這是當別人表達感謝之意時，最典型的回應。不過，若人家特地對你表達感謝之意，而你卻是以一副理所當然的樣子來回應，看起來會顯得很傲慢，即使你做了好事，對方對你還是不會有好印象。當你在説這句話的時候，聲調要放低，而且若是你説話時的表情很陰沉，可能會讓對方感到不安。即使是好的回應，但聲音和表情不對，給人的感覺也不會好到哪裡去，這點要特別注意。回應時保持開朗的聲調，最後再配合一個微笑，對方才會有好的感覺。

應用二

## ・とんでもないことです。
## ・とんでもないことでございます。

・沒那回事，您太客氣了。
・沒那回事，您太客氣了。

這是上司或地位較高的人向你道謝，或是誇獎你時，用來回應對方的説法。而這個説法，有時卻會被説成「とんでもございません。」或是「とんでもありません。」這種錯誤的用法。「とんでもない」和「危（あぶ）ない」一樣，都是以「～ない」結尾的形容詞。一般通常不會説「危（あぶ）なくありません」，由此可知「とんでもありません。」並不是正確的用法。使用時要特別小心。

2-28

〔交流〕

# 安慰

9:00~13:00

否定或是任何可能會引發不安的說法都只會適得其反地讓對方心情更低落。因此請各位記住那些能夠把不安化為安心，把不滿化為滿足的說法。

梅

がっかりしないでくださいね。

請別失望。

竹

- 大丈夫(だいじょうぶ)ですよ。
- 心配(しんぱい)ないですよ。
- 沒問題的。
- 沒什麼好擔心的。

松

- 次(つぎ)はリベンジしましょう。
- 応援(おうえん)していますね。
- 下次再扳回一城吧！
- 我會一直支持你的。

### 使用時機及技巧

梅等級是反而會讓對方更失望的說法。這就像是對生病的人說你別生病是一樣的道理。想要和對方溝通交流，就得試著體會對方的感受。

竹等級則可能會因說的方式不同，而變成客套話或是場面話，這點得特別小心。過去的事已經過去了，最重要的是鼓勵對方把這次的經驗當成教訓，把握下次的機會好好努力。

松等級則是更加往將來看的講法，指引對方該向前看，除了能讓對方安心，也能幫助對方培養正向積極的心態。別忘了要仔細思考並留意自己的說話方式，以免造成對方的壓力。

## どうか、お力(ちから)落(お)としなく。

請振作起來。

這個例句雖然是安慰對方的説法，但有時也會用於正式場合，意思是「請振作起來」。尤其是在像是喪禮之類的場合，即使對方是關係親近的人，比起直接傳達自己的感受，這種時候以「お力(ちから)落(お)としなく。（請振作起來）」這種比較有禮貌的方式表達，才是最聰明的做法。這個句子若能搭配關心對方身體狀況的語句，就更能貼近對方的心。

## 次(つぎ)のチャンスに向(む)けて前向(まえむ)きにチャレンジできますね。

下一次你可以再積極地挑戰看看。

這個例句是對經歷失敗的人使用的説法。主要是利用自己期望對方下一次再加油的心情來鼓勵對方。人遭遇失敗時，很容易萌生負面的想法。因此為了達到激勵對方的效果，説這句話時，要注意自己的表情及聲調，若能多説一些對方的優點，效果會更好。對於入學考之類的考試落榜者及其家人，最好是能加一句「次(つぎ)に向(む)けて、今回(こんかい)の経験(けいけん)がいかせるといいね。（下一次如果能夠發揮這次的經驗那就太好了。）」，鼓勵對方以積極的心態面對下一次挑戰。

2-29

〔禮貌〕

# 獲得禮物的時候

像「ありがたく頂戴（ちょうだい）する（滿懷感激地收下）」這種感恩的心情不應該只有用餐時這麼想，應該要無時無刻都懷抱著同樣的感恩的情緒。這是日本獨有的用法，請一定要好好珍視它。

梅

いただきます。

我收下了。

竹

それでは、いただきます。

那麼，我就收下了。

松

ありがとうございます。いただきます。

非常謝謝您，我這就收下。

使用時機及技巧

除了在家裡用餐以外，我想小學的用餐時間也會說「いただきます。（我開動了）」。

道德及禮儀教育都將吃飯前的這句話，解釋成對　牲生命成為人類的食物的動植物一事表達感謝。我們從食材「取得」的生命，被用來延續我們自己的生命。將這份感謝之情化做言語就是這句話。

此項下的梅等級、竹等級及松等級之間，並沒有明顯的差別，不過松等級是最富有感情且更能傳達感謝之情的說法。

無論是哪一個句子，表達時都要留意自己的姿態及視線，並誠心誠意將「ありがとうございます（非常感謝您）」的心情傳達給對方。

## ご相伴（しょうばん）いたします。

謝謝招待，那我就不客氣了。

所謂的「相伴」，基本上是指正客（主要客人）的陪客的意思。或者是以陪客的身份受益或受到款待。這個詞特別在茶會等茶道的世界最為常用。除此之外，則多用於商務情境。當你被上司帶去和交易對象會面，和他們一起用餐，如果可以說出這句話效果會很好。這樣會比單純說「いただきます。（開動）」更能向對方展現謙遜的態度，同時也能提昇你自己的品格，甚至還會讓對方對你的上司印象更好。

## 頂戴（ちょうだい）いたします。

那我就不客氣了。

拜訪交易對象或是到熟人家中拜訪，若對方端茶出來招待，就可以使用這句話來回應。「頂戴（ちょうだい）します。」是比「いただきます。」更禮貌的說法。其他類似的情境如當食物和飲料上桌時，或是地位較高的人招待自己去飯局時，也都可以使用。要特別注意的是，這句話是當提供招待的人催促大家「どうぞ召（め）し上（あ）がってください。（請用。）」時，才會用這句話來回應。就算不會用，也不要以「どうも。」來回應。另外，對方端出來的東西一口都不吃是非常失禮的行為，要特別小心。

# 大和言葉

## 之二／形容詞／副詞／動詞／其他例句

### 形容詞

|  |  |
|---|---|
| 気働き（きばたら） | 機智 |
| 敷居が高い（しきい・たか） | 門檻高 |
| 筋がいい（すじ） | 資質好 |
| つくし、きよらか | 美麗 |
| 目もあや（め） | 燦爛 |

### 副詞

|  |  |
|---|---|
| 朝な夕な（あさ・ゆう） | 總是 |
| いかほど | 多少 |
| お手すきの際に（て・さい） | 有空的時候 |
| 思いのほか | 出乎意料地 |
| ・こうえなく<br>・こよなく | 極端；特別 |
| たまさか | 偶爾 |
| 取り急ぎ（と・いそ） | 匆忙 |
| まなく | 很快地 |
| ゆくりなく | 意外地；未料到 |

### 動詞

|  |  |
|---|---|
| いたしかねます | 辦不到 |
| お引き立ていただき（ひ・た） | 承蒙照顧 |
| 恋蛍（こいぼたる） | 喜歡 |
| 心待ちにしている（こころま） | 期待 |
| 下ごしらえ（した） | 預備 |
| たゆたう | 猶豫不決 |
| つくし、きよらか | 美麗 |
| 手だれ（て） | 技術高超 |
| ほだされる | 被束縛住 |
| 虫が好く（むし・す） | 喜歡 |
| むべなるかな | 的確如此 |
| 泪に沈む（なみだ・しず） | 淚流滿面 |
| 誼を結ぶ（よしみ・むす） | 親近 |

### 其他動詞片語

|  |  |
|---|---|
| 憚りながら（はばか） | 冒昧 |
| 不躾ではございますが（ぶしつけ） | 不好意思，可否請您～ |
| ほんのお口汚しですが（くちよご） | 家常便飯不成敬意 |

# 第三章

13:00～18:00

13:00~18:00

3-01

# 〔問候〕白天的問候

說到白天的問候語，似乎都只會想到「こんにちは。（你好）」，但其實應該要針對各種情況使用適當的句子表達。

梅

こんにちは。
你好。

竹

おつかれさまです。
辛苦了。

松

お世話（せわ）になります。
受您照顧了。

使用時機及技巧

梅等級的「こんにちは。（你好）」是萬用的問候語，可以對任何人使用。尤其是私人場合，幾乎不用擔心用錯對象，也不用擔心會太過口語或者是過於正式。雖然也有人會用「どうも。（你好）」，但它其實並不適合用來打招呼，還是儘量少用。

不過還是要看工作的類型，有些職業即使用「こんにちは。（你好）」也不會有什麼問題。但通常與『商務』有關的工作，不論是公司內部或是對交易對象打招呼，若是使用「こんにちは。」就會顯得不夠莊重。公司內部通常是使用竹等級的「おつかれさまです。（辛苦了）」，對交易對象或是公司外部的人則較適合使用松等級的「お世話（せわ）になります。（謝謝您的照顧）」。

3-02

〔關心〕

# 詢問對方是否舒適

詢問對方是否舒適，不只能向對方表達關懷之意，還能藉機提昇閒聊的技巧。透過簡單的一句話來加深彼此之間的交流吧。

梅

寒（さむ）く／暑（あつ）くない？

你不冷嗎？／你不熱嗎？

竹

寒（さむ）く／暑（あつ）くありませんか？

你不覺得冷嗎？／你不覺得熱嗎？

松

お寒（さむ）く／お暑（あつ）くございませんか？

您不覺得冷嗎？／你不覺得熱嗎？

使用時機及技巧

冷熱和天氣一樣是最保險不會出錯的話題。如果可以以此作為開展對話的契機，不但能互相交流彼此的想法，還能為進入正題鋪路，讓未來的對話更順暢。

梅等級是用於朋友及家人之間等關係較親近的對象；竹等級是用於地位較高或與工作有關的對象；松等級則是用於需要更進一步表達敬意的對象。

不論對象是誰，只要你開了口，就一定要持續採取行動。比如說可以依對方的回應幫忙調整空調的溫度，或是請對方自行去調整。

此外，或許有人從日本貴婦們的口中聽過「お寒（さむ）う（天氣好冷）」、「お暑（あつ）う（天氣好熱）」這類說法，這是山之手的方言，是能夠展現優雅、成熟與大人韻味的說法。

## 3-03 〔請託〕希望對方幫忙開冷氣時

當某件事可能不是那麼必要，卻因為自己的需求而必須拜託別人做的時候，就要觀察週遭的狀況，並視自己提出要求的對象，選擇合適的句子，這點非常重要。

**梅**

暖房（だんぼう）／冷房（れいぼう）をつけてくれる？

可以幫我開暖氣／冷氣嗎？

**竹**

暖房（だんぼう）／冷房（れいぼう）をつけてください。

請你幫我開暖氣／冷氣。

**松**

暖房（だんぼう）／冷房（れいぼう）をつけていただけませんか？

可以麻煩您幫我開暖氣／冷氣嗎？

### 使用時機及技巧

梅等級和松等級是出於自己的需求而拜託某個人打開暖氣／冷氣時使用的句子。梅等級是用於關係親近的對象，松等級則是梅等級較禮貌的說法。竹等級則和其他二句有些不同，偏向給人上對下的感覺。這一句比較適合用在受到某人請託後，再拜託其他人去開空調的情況。

無論是一種，在拜託別人的時候，最重要的就是一開始的"緩衝用語"。如果在一開始先加上「悪（わる）いけど、（不好意思，）」「お手数（てすう）ですが、（抱歉給您添麻煩了，）」「申し訳（もうしわけ）ありませんが、（真是不好意思，）」之類的句子，對方應該比較能迅速反應。此外，還有一個技巧是要以感到抱歉的語氣和聲調說話。

## ご高覧（こうらん）ください。
請過目。

有東西希望請地位較高的人幫忙檢視時使用的句子，是比「ご覧（らん）ください。（請過目）」更有禮貌的説法。

## ご一報（いっぽう）ください。
請您不吝告知。

希望對方能與自己聯絡告知交期或日程時使用。加「ご」是將姿態放低讓語氣變得比較謙遜，句子會顯得更有禮貌。

## ご査収（さしゅう）ください。
請查收。

將資料以一般郵件或電子郵件寄送的方式送交給上司或交易對象等對象，希望對方確實確認內容時的用詞。

## お取（と）り成（な）しください。
請您幫忙調解。

希望對方能夠協助調解時説的話。「取（と）り成（な）し顔（かお）（打圓場的表情）」也可以用於表示能以巧妙的方式解決事情的態度。

## お運（はこ）びください。
請您過來一趟。

特別用於希望交易對象或地位較高者能到訪的情況，也可以改以「足（あし）をお運（はこ）びください。（勞煩您來一趟。）」、「ご足労（そくろう）願（ねが）えますか。（可以勞煩您來一趟嗎？）」來表達。

## お汲（く）み取（と）りください。
請體諒。

可用於禮貌地告知對方，期盼對方能理解自己的想法的時候。若是直接説「わたくしの考（かんが）えを理（り）解（かい）してください。（請理解我的想法。）」對方可能會因為你説話太過直接而對你的印象變差。

13:00~18:00

3-04

## 〔請求〕想喝茶的時候

不要要求細節是拜託別人時的技巧。在此情況下，除了選擇怎麼說，同時也要注意對方的反應。

梅

- お茶（ちゃ）ある？
- お茶（ちゃ）もらえる？
- 有茶嗎？
- 可以來杯茶嗎？

竹

お茶（ちゃ）ください。

請給我一杯茶。

松

お茶（ちゃ）をいただけますか？

可以給我一杯茶嗎？

### 使用時機及技巧

梅等級是除了拜託家人，其他大概都不太用得到的說法。如果是古早時代的公司，或許還聽得到上司以梅等級的說法要求女職員倒茶，但現在這麼說，肯定會被說是職場騷擾。

普通的請託通常是用竹等級，若要再禮貌一些，則是會用松等級。即使在同一間餐廳，如果是一個人單獨用餐是用竹等級，如果是聚餐就用松等級，請視ＴＰＯ來決定要怎麼說。

無論選擇哪一種說法，都是在拜託別人做事，因此切勿指定茶的種類、冷熱，或是急著要對方馬上端出來。傳達的時候，也要好好想想怎麼說才不會增加對方的負擔。

應用一

**お茶をどうぞ。**

**請喝茶。**

會議中或一般接待客人時，最重要的是不影響會議或談話的進行，也不要隨便插嘴。只要快速輕聲地説一句「どうぞ。（請用。）」就可以。不過，若是一般家庭招待客人，加上一句「粗茶ですが。（請用茶。）」會比較有禮貌。

應用二

**もう一杯いかがですか。**

**您要再一杯茶嗎？**

請視對方喝茶的速度以及現場的情況決定是否應該要幫對方加茶。如果天氣較炎熱或是對方喝茶的速度很快，就要及早詢問對方要不要再來一杯茶。

應用三

**いただきものですが、どうぞお召し上がりください。**

**這是別人送我們的，請享用。**

請對方享用點心的時候，只要和上茶時一樣説聲「どうぞ。（請用）」即可，不過，如果可以再加上一句介紹點心的話，就更能為享用點心增添一分樂趣。例如：「中村の東京土産ですが。（這是中村帶回來的東京伴手禮。）」。如果端出的點心是對方帶來的東西，則可以加上一句「お持たせですが、ご一緒にいかがですか。（這是您帶來的點心，一起享用怎麼樣？）」。

應用四

- **次の予定がございますのでこれで。**
- **長らくお引き留めして申し訳ありません。**
- **本日はありがとうございました。**
- 接下來我還有其他行程，就到此為止吧。
- 非常抱歉，耽誤您這麼久。
- 今天非常謝謝您。

希望對方可以離開這種話難以啟齒。若對象是公司同仁或是親屬，還可以像第一個例句直接告知，但如果對象是客人，可能會顯得非常失禮。第三個例句是透過向對方今日的來訪表達謝意，來暗示對方已經沒你的事了。

13:00~18:00

3-05

# 〔交流〕欽佩對方的時候

誇獎別人時，萬一用錯字眼，反而會讓對方覺得你很自以為是，對你的印象也會變差。為了不讓這難得的好意就此白費，請慎選你的說法。

梅

さすが！

了不起！

竹

さすがですね！

真是了不起！

松

・さすがでございますね！

・さすがでいらっしゃいますね！

・真是了不起！

・您真是了不起！

## 使用時機及技巧

與其直接向對象表示「感心（かんしん）しました。（我很佩服你。）」，還不如用「さすが。（了不起）」表達會更容易向對方傳達敬意。梅等級到松等級是依禮貌程度排序，請視對象選擇合適的說法。

不過如果一直說「さすが」反而聽起來像是在奉承，說不定還會讓對方覺得你在諷刺他。建議還是要注意一下使用的頻率。

另外，如果可以像「さすが、松田（まつだ）さんはスピードが違（ちが）いますね。（了不起，松田先生的速度就是不一樣。）」，在句中加入對方的名字，就會更有說服力。

除了「さすが」以外，還有許多可用來傳達讚美與佩服的說法。請將下一頁的內容學起來，讓自己成為一個擅於讚美的人吧。

應用一

**彼(かれ)は目端(めはし)が利(き)くから安心(あんしん)だね。**

**他聰明靈敏，讓人很放心。**

所謂的「目端(めはし)」，是指能夠迅速確實地看出事物的本質。通常能夠做到這件事的人，都是懂得隨機應變的人。可以放心地把事情交給他去辦。

應用二

**これを選(えら)ばれるなんて、お目(め)が高(たか)い！**

**居然能挑中這個，您的眼光真好！**

這句話是用於地位高於你的人。例如在客人選中某件商品時，對他說這句話就能讓他心情變好。

應用三

**さすが、玄人(くろうと)はだしですね。**

**了不起！您真是連專家都自嘆不如！**

「玄人(くろうと)」是專家的意思。「玄人(くろうと)はだし」為慣用語，是表示連專家都嚇得赤腳逃跑的意思。適用於能力比專家還要優秀的人。

應用四

**打(う)てば響(ひび)くようなご対応(たいおう)、ありがとうございます。**

**非常感謝您如此迅速回覆。**

「打(う)てば響(ひび)く」是指反應十分迅速。這句話是用於讚美對方回應或回覆訊息的速度很快，或是很快地回應他人的請求。

應用五

**素晴(すば)らしいご活動(かつどう)に、頭(あたま)が下(さ)がります。**

**我真是佩服您把活動辦得這麼好。**

「頭(あたま)が下(さ)がる」是對比自己優秀的人表達佩服之意，通常是用在位階與自己相同者或是後輩的身上。

13:00~18:00

3-06

〔交流〕

# 讚美小朋友很可愛

小朋友被讚美通常最開心的不是本人，而是他的父母或親人。可以讚美的不只有外表，還有動作或表情，只要發現好的地方就要不吝給予讚美。

梅

かわいいね～。

真可愛。

竹

とてもかわいらしいですね。

好可愛。

松

かわいらしいお子(こ)さんですね。

你的小孩真可愛。

使用時機及技巧

你若試著想像自己有小孩，當你的孩子被讚美，直覺上是不是會覺得很開心？和帶著小孩的人碰面，若能用讚美小朋友的話取代招呼語，可以說是再適合也不過了。

如果是在看到的第一瞬間發自內心地說出梅等級的句子，即使是這麼簡短的一句話也足以傳達你的感受。

竹等級和松等級是當小朋友的父母與你的關係有一定距離時使用的說法，屬於比較禮貌的說法。

如果可以加上「お父(とう)さん似(に)で（和爸爸很像）」或是「目(め)がパッチリしていて（眼睛水汪汪的）」這類具體描述哪裡可愛的句子會更好。

不過，這些話都算是讚美，若是說過頭還是有可能會讓對方覺得不快，所以要特別小心。

3-07

〔交流〕

# 讚美某樣東西很適合對方

讚美對方的打扮也是一種溝通技巧。讚美時要選擇不會被對方誤以為是在取笑他的說法。

梅

似合ってるね。

很適合你。

竹

とてもお似合いですね。

非常適合你。

松

着映えがしますね。

你穿起來很好看。

## 使用時機及技巧

和隨口就能說出「そのワンピース、よく似合ってる（那件連身裙很適合你）」的歐美人士相比，日本人或許比較少讚美別人的裝扮。這類讚美是促進交流的契機。

梅等級可以對關係親近的人使用。竹等級則是稍微禮貌一些的說法。松等級則和前二句有些不同，「着映えがする（你穿起來很好看）」這句話中，帶有衣服和人都很好看的意思。

竹等級除了日常生活中使用之外，也是最適合服飾店店員對試穿的客人說的話。

和其他讚美的說法一樣，誇過頭可能適得其反地引起對方的不信任與不快。

13:00~18:00

3-08

〔交流〕

# 受到讚美時的應對

聽到別人的讚美，因為太害羞而不知該怎麼回應…各位不知是否遇過這種情況呢？透過一句簡單的話語，將自己開心的心情傳達給對方吧。

梅

- ありがとう。
- ありがとうございます。
- 謝謝你。
- 謝謝您。

竹

嬉（うれ）しいです。

我很開心。

松

- 恐縮（きょうしゅく）です。
- 恐（おそ）れ入（い）ります。
- 不敢當。
- 不好意思。

### 使用時機及技巧

聽到別人讚美你的時候，無論對方是誰，使用梅等級、竹等級、松等級中的任何一句回應對方，基本上都不會有什麼問題。

話雖是這麼說，但對親近的人，若以松等級的「恐縮（きょうしゅく）です。（不敢當。）」、「恐（おそ）れ入（い）ります。（不好意思。）」回應，會給人太見外的感覺，不如以梅等級或竹等級回應。如果可以把梅等級和竹等級合起來使用，同時表達感謝及喜悅之情，會讓人留下更好的印象。

「恐縮（きょうしゅく）です。」、「恐（おそ）れ入（い）ります。」表達的是受人稱讚而覺得不好意思的心情，是最適合成年人使用的說法，不過若能加上表示自己的開心之情的語句，有時甚至有縮短彼此距離，或是讓對方印象更好的效果。

## 應用篇「受人稱讚時的應對」

### 應用一

**もったいないお言葉(ことば)です。**

**您過獎了。**

藉由告訴對方你很清楚自己是什麼身份來表示謙遜。也可以用在覺得自己沒有對方說得那麼好的情況。

### 應用二

**おほめいただきありがとうございます。**

**謝謝您的誇獎。**

這一句是單純向對方讚美自己一事道謝。如果有必要表示謙遜則可以說：「おほめいただき、恐縮(きょうしゅく)です。（謝謝您的讚美，真是不敢當。）」。「おほめいただき」之後可以自由搭配其他的說法來表示。

### 實用賢語

- 冥利(みょうり)につきます。
- そのようなお言葉(ことば)を頂戴(ちょうだい)し光栄(こうえい)です。
- 滅相(めっそう)もございません。
- 沒有比這更開心的事。
- 您這麼說我感到很光榮。
- 您過獎了。

這些說法都是用於表達「沒有比這更開心的事了」。所謂的「冥利(みょうり)」是指神佛賜予的恩惠，或是因善行而得到的幸福。現今也可以用於表示從別人那裡收到的好處。

至於是什麼事會讓人開心到不行呢？例如老師或編輯，最開心的莫過於別人在文章中對表達對自己感謝。

受人稱讚時，可以如「お会(あ)いでき光栄(こうえい)です。（很榮幸能見到您。）」這句一樣，使用「光栄です。（這是我的榮幸。）」回應對方。

「滅相(めっそう)もない（過獎了）」是表示不敢當的意思。雖然話中帶有否定對方所說的話的意味，但如果是用於表示自己並沒有到值得讚美的程度來回應對方時就可使用。

## 3-09 〔問候〕向指導老師表示問候之意

教授傳統技藝的師傅或是補習班的老師，對弟子或學生而言，是獨一無二的存在。因此每次上課見面時的問候就要以最禮貌的語氣表達！

**梅**

本日（ほんじつ）もご指導（しどう）よろしくお願（ねが）いいたします。

今天也麻煩您了，還請您不吝指教。

**竹**

本日（ほんじつ）もご指導（しどう）よろしくお願（ねが）いいたします。

今天也麻煩您了，還請您不吝指教。

**松**

本日（ほんじつ）もご指導（しどう）よろしくお願（ねが）いいたします。

今日也麻煩您了，還請您不吝指教。

### 使用時機及技巧

對於教授傳統技藝的師傅或是補習班的老師，也就是我們通稱為老師的人，都必須要使用敬語來進行問候，即便是自己的年紀較長，作為求教的一方，仍是要以使用敬語為大前提。

雖然使用「です／ます」表達也沒什麼問題，但使用謙讓語「いたします」不但更有禮貌，也比較能展現對老師的敬意。

首先要先以最基本的問候語「おはようございます。（早安。）」或「こんにちは。（您好。）」開始，接著再搭配上述的說法表達。若能以充滿精神的問候展開課程，就能在良好的氛圍下進行教學互動，說不定學習成果也會變得更好。

# 各式各樣的敬稱

　　各位知道「脇付」這個詞嗎？這是在信件上向對方表達敬意時使用的敬語。例如醫師之間的介紹信就常會看到「御侍史」、「御机下」等敬稱。

　　書寫這些敬稱時，要寫在收件人的左下方。同事通常是用「尊下」；父母則是用「膝下」。另外，當收件人為組織時所使用的「御中」也是敬稱，正確來說就是「脇付」的一種。

　　至於第二人稱的敬稱，也就是在信件上對對方使用的稱呼，若對象為地位較高的男性，最常見的是「貴殿（台端）」。若對象是關係較親近且地位較高的男性則是「貴兄（仁兄）」；同等地位或地位低於自己的男性則有「貴下（您）」、「貴公（您）」、「貴君（您）」等敬稱。

　　若為女性，通常是用「貴女（您）」。若對方是比自己年長的女性則是「貴姉（您）」，若為未婚女性有時則是稱呼「貴孃（您）」。

　　在職場上會用「貴職（您）」這個敬稱來對對方的職稱表示敬意。不過這裡的「職」原本指的是官職。與「小職」的「職」是相同的意思，由於「小職（卑職）」是用來表示自己的職業，所以「小職」這個詞只有公務員會用。

　　另外，若是稱呼公司的話是用「御社（貴公司）」、「貴社（貴公司）」；若是指對方的住處則是使用「尊宅（貴府）」、「貴邸（貴府）」。請把這些敬稱好好地記在腦中。

3-10

## 〔問候〕課程結束的時候

上完課，其實老師也一樣很疲憊。這時請以開朗並充滿朝氣的樣子向老師表達感激之情，輕鬆愉快地結束課程。

**梅**

ありがとうございました。

非常謝謝您。

**竹**

本日（ほんじつ）もご指導（しどう）いただき、ありがとうございました。

今日承蒙您的指導，非常感謝。

**松**

次回（じかい）もどうぞよろしくお願（ねが）いいたします。

下一次上課也麻煩您多多指教。

### 使用時機及技巧

上完一堂課，可以簡單地使用梅等級的「**ありがとうございました。**（非常謝謝您）」表達感謝之情。

如果是小朋友上完課，這麼一句話或許就已足夠表達心中的感謝，但若是大人，則稍嫌不足。大人上完課可以加上更具體且有禮貌的「**ご指導いただき**（承蒙您的指導）」，以及下次上課也麻煩老師多多照顧之類的話，離開現場之前，還可以再說句「**失礼（しつれい）します。**（我先告辭了。）」，才是最聰明的做法。

補習班亦同。上完課的小朋友，因為和老師比較親近，梅等級就已足夠，但若是父母去接小朋友，則比較適合使用松等級。而在表達感謝之情時，也別忘了要面帶笑容。

# 各種敬稱大集合！

本節為人稱代名詞的敬稱一覽表。請學起來以備不時之需。

| 稱謂 | 敬稱 |
| --- | --- |
| 父親 | お父様（とうさま）・御父上様（おちちうえさま）・父君様（ちちぎみさま）・御尊父様（ごそんぷさま） |
| 母 | お母様（かあさま）・御母上様（おははうえさま）・母君様（ははぎみさま）・御尊母様（ごそんぼさま） |
| 父母 | 御両親様（ごりょうしんさま）・御両所様（ごりょうしょさま） |
| 祖父 | 御祖父様（ごそふさま）・御祖父上様（ごそふうえさま）・祖父君様（そふぎみさま）・御隠居様（ごいんきょさま） |
| 祖母 | 御祖母様（ごそぼさま）・御祖母上様（ごそぼうえさま）・祖母君様（そぼぎみさま）・御隠居様（ごいんきょさま） |
| 丈夫 | 御主人様（ごしゅじんさま）・御夫君様（ごふくんさま） |
| 妻子 | 奥様（おくさま）・御奥様（ごおくさま）・奥方様（おくがたさま）・令夫人様（れいふじんさま） |
| 兒子 | お坊（ぼう）っちゃま・御子息様（ごしそくさま）・御令息様（ごれいそくさま）（御長男様（ごちょうなんさま）） |
| 女兒 | お嬢様（じょうさま）・御息女様（ごそくじょさま）・御令嬢様（ごれいじょうさま）（御長女様（ごちょうじょさま）） |
| 小孩 | お子様（こさま）（お子様方（こさまがた）） |
| 兄 | お兄様（にいさま）・御兄上様（おあにうえさま）・兄君様（あにぎみさま）（御長兄様（おちょうけいさま）） |
| 姐 | お姉様（ねえさま）・御姉上様（おあねうえさま）・姉君様（あねぎみさま）（御長姉様（おちょうしさま）） |
| 弟 | 弟様（おとうとさま）・弟御様（おとうとごさま） |
| 妹 | 妹様（いもうとさま）・妹御様（いもうとごさま） |
| 孫子 | お孫様（まごさま）・御令孫様（ごれいそんさま） |
| 家人 | 御家族の皆様（ごかぞくのみなさま）・皆々様（みなみなさま） |
| 朋友 | 御友人（ごゆうじん）（御親友（ごしんゆう）・御学友（ごがくゆう）・御級友（ごきゅうゆう）） |
| 公司 | 御社（おんしゃ）・貴社（きしゃ） |
| 商店 | 御店（おみせ）・貴店（きてん） |
| 意見（想法） | 御高見（ごこうけん）・貴見（きけん）・貴説（たかと）・貴慮（きりょ）・貴意（きい） |
| 心情 | 御芳志（ごほうし）・御芳情（ごほうじょう）・御厚志（ごこうし）・御厚情（ごこうじょう） |
| 名字 | 御姓名・御芳名・御尊名・貴名 |
| 家 | お宅（たく）・貴宅（きたく）・御尊宅（ごそんたく）・貴家（きか）・御尊家（ごそんか） |
| 信件 | 御書状（ごしょじょう）・御書簡（おしょかん）・御書面（ごしょめん）・御状（ごじょう）・貴書（きしょ）・御芳書（ごほうしょ）・尊書（そんしょ）・尊札（そんさつ）・貴簡（きかん）・尊簡（そん） |

3-11

## 〔確認〕確認出缺席與回覆

會議、聚會、讀書會、飯局等確認出缺席的情境，嚴格禁止使用會影響參加者情緒的說話方式。詢問和回應的說法都必須要考量對方的心情。

梅

参加する？

你要參加嗎？

竹

参加しますか？

你要參加嗎？

松

参加のご予定でよろしいですか？

您打算參加嗎？

### 使用時機及技巧

確認是否參加時有一種說法不該用。那就是以「欠席しますか。（你要缺席嗎？）」這種帶否定意味的方式詢問對方。這麼問可能會讓對方覺得你不希望他出席，所以要特別注意。

梅等級是比較隨性的問法，如果是朋友之間的聚會就可以這麼問。竹等級則是使用「～しますか？（你要～嗎？）」的禮貌的語氣來表達，所以除了同事應該也可以用在前輩身上。松等級則適用於上司等地位高於自己的對象。

當對方在煩惱要不要出席時，可以使用「参加していただけると嬉しいです。（你如果能來我會很開心的。）」、「盛り上がります。（我會很興奮的。）」之類的說法，給對方一個應該要出席的理由。

千萬別用！NG的說法

**あの…、すみません。参加できないかもしれません。**

那個…不好意思，我可能不能參加了。

當一個人不知該如何拒絕的時候，說話的聲音可能會愈來愈小，語尾也可能會變得含糊不清。但正因為要拒絕，所以更應該將自己的意願清楚明確地傳達給對方知道。而這個句子之所以不該用，最主要的原因在於沒有先向對方道歉。「あの…、すみません」是一種消極的意願表達，許多場合都不建議使用這種說法，尤其是以這句來說，沒有一開始先向對方表達歉意，讓人懷疑是否真心覺得很抱歉。此外，「かもしれない（或許）」會讓語意變得不清不楚，所以也不是一種恰當的說法。像這樣不說清楚自己到底要不要出席，反而會給對方增添困擾。

**誠に申し上げにくいのですが、本日は参りません。**

雖然很難以啟齒，但我今天不會參加。

即使對象是上司，也不該將「誠に申し上げにくい」用在拒絕一般性質的邀請上，因為會讓人覺得小題大作。這個用法是用在極為重要的對象，且可能會導致不利的情況。對於上司或地位比自己高的人。並不是只要用最高等級的敬語就好，而是必須先將事情的輕重程度以及上司的情緒狀態等各種條件納入考量，再靈活運用各合適的說法來進行表達。就算是使用敬語表達，但聽起來卻顯得浮誇，反而感受不到敬意，所以要特別小心。另外，這裡不能使用「参りません。（不去。）」表示。「伺えません。（不能去。）」才是正確又有禮貌的說法。

NG

13:00~18:00

3-12

# 〔提問〕詢問是否要去〇〇

「行く」的變化很簡單，是絕對要學會的用法。另外還有「言う→おっしゃる」、「見る→ご覧になる」等，必須要因應不同的對象選擇正確的用法。

梅

熱海に行くの？

你要去熱海嗎？

竹

熱海に行くんですか？

你要去熱海嗎？

松

熱海にいらっしゃるのですか？

您要去熱海嗎？

## 使用時機及技巧

若知道目的地，最輕鬆隨意的是梅等級的說法，通常是用在詢問朋友、家人，或者是公司的後輩等對象。不過，梅等級並不是公司等正式場合會使用的說法。

公司的同事、熟人或是年齡相近的前輩可用竹等級，若是地位更高的對象則可使用松等級。

松等級的「いらっしゃる（去）」可以用「お出かけですか。（您要出門嗎？）」代替。後者給人的印象是雖然禮貌但卻是比較日常的說法，所以比起公司，比較適合在私人場合使用。

3-13

〔請求〕

# 想向人借原子筆的時候

雖然向人借小東西通常都是急用的狀況，但在拜託別人時，也還是要記得使用不會引人反感的說法。

梅

- ペンある？
- 書（か）くものある？
- 你有筆嗎？
- 你有書寫用具嗎？

竹

ボールペン貸（か）してください。

請借我一支原子筆。

松

ボールペンをお借（か）りできますか。

我可以向您借一支原子筆嗎？

使用時機及技巧

梅等級的「ペンある？（你有筆嗎）」、「書（か）くものある？（你有書寫用具嗎）」是非常隨意的說法，只能用於家人或親近的朋友。若拜託的是同事之類的對象，或是在便利商店、郵局、咖啡店之類的地方，可以用直接但有禮貌的「ボールペン貸（か）してください。（請借我一支筆。）」。這時若能加上一句「すぐに返（かえ）しますので。（我立刻就會歸還。）」，對方會比較放心。

如果是和上司一起出門時不小心忘了帶，可使用「お借（か）りできますか。（我可以借一支筆嗎？）」表示。即便在座的是交易對象等公司外部的人，也不要使用「お貸（か）しいただけますでしょうか。（可以麻煩您借我一支筆嗎？）」這種禮貌程度最高的說法，因為會顯得很不自然。

13:00~18:00

3-14

〔交流〕

# 對於對方的言行舉止感到生氣的時候

就算對方的地位比你高，也不表示對方做的所有事都得原諒。但這時如果以情緒化的方式應對反而損失的是自己，還是得以成年人的方式應對。

梅

それはないんじゃない！

那樣不好吧！

竹

それは失礼（しつれい）ですよ！

那樣很沒禮貌！

松

いくら〇〇とはいえ、失礼（しつれい）だと思（おも）います。

就算是〇〇，我覺得這麼做還是很失禮。

使用時機及技巧

當對方的言行讓你感到生氣時，若對象是朋友，可以像梅等級一樣直接表現你的不滿，事情會比較快解決。竹等級可以用在和你熟識的人身上，但若對不太熟識的人這麼說，可能會發展成爭吵的局面。

然而，失禮的言行若是來自上司或老師這類地位較高的人，可以使用松等級來應對。請將「いくら〇〇とはいえ（就算是〇〇）」的「〇〇」替換成上司或老師。松等級是以向對方表明你沒有忘記自己的地位在他之下的方式，展現自己的謙卑，但同時也指出對方的錯誤。不過，如果真的太失禮，仍是可以使用竹等級表達。

3-15

〔交流〕

# 承認自己的錯誤

無論你的工作能力或專業程度如何，犯錯後的一言一行都很重要。請記住那些在你犯錯後，能幫你將大事化小，小事化無的語句，以備不時之需。

梅

すみませんでした。

真是不好意思。

竹

申(もう)し訳(わけ)ありませんでした。

真的非常抱歉。

松

この度(たび)は、大変申(たいへんもう)し訳(わけ)ありませんでした。以後(いご)、二度(にど)と同(おな)じような間違(まちが)いをしないよう、細心(さいしん)の注意(ちゅうい)をはらってまいります。

此次真是非常抱歉。以後我一定會密切注意，不會再發生同樣的錯誤。

## 使用時機及技巧

梅等級的回應是標準的提油救火，竹等級則像是教科書上的社交辭令。前輩、上司或是客人想知道的，是「以後(いご)（以後）」、「今後(こんご)（今後）」你要以什麼樣的心態面對。梅等級和竹等級的說法有時還會因為說話時的語氣而被誤認為是「逆(ぎゃく)ギレですか？（你是惱羞成怒嗎？）」。

為了不要讓情況愈演愈烈，請特別注意三大重點：①必須發自內心並盡全力地向對方傳達自己的歉意；②必須打從心底反省，而不是只會照本宣科地說出道歉的話語；③盡全力防止類似的錯誤再次發生。

・只要道歉到這個程度，前輩或上司應該都會願意原諒。畢竟前輩們也都是從錯誤中成長。

3-16

# 〔勸告〕提醒對方的失態行為

無論對方是誰，最好是能夠在不破壞現場氣氛以及不影響對方對你的印象的前提下，提醒對方今後不要再犯。

**梅**

次(つぎ)は注意(ちゅうい)するように。

下次要小心一點。

**竹**

今後(こんご)はこのようなことがないよう、注意(ちゅうい)してください。

請您要特別小心日後別再發生這種事。

**松**

以降(いこう)、このようなことがございませんよう、ご注意(ちゅうい)願(ねが)います。

請您要特別小心日後別再發生這種事。

## 使用時機及技巧

梅等級適用於表達強烈警告的時候。如果是上司對下屬或是前輩對後輩，在某些情況下或許還有使用的可能，但無論是同事或是私人事務，最好還是使用比較溫和的說法。

竹等級與松等級是對難以開口的上司以及地位高於自己的人，表達告誡之意時的說法。二句都比梅等級溫和，目的是期盼對方能因為告誡口氣較為溫和而更願意反省自己的所作所為。

松等級則是透過將「ないよう」改成更禮貌的「ございませんよう」來減輕壓迫感。例如交易對象付款延遲時，就可以使用松等級來提醒對方。

**ぶしつけですが、こちらの書類には不備があるようです。**

恕我冒昧，這份文件似乎不完整。

「ぶしつけ」是無禮、冒失的意思，通常是在言行可能會讓對方覺得粗魯無禮時使用。雖然例句中指出的並不是重大、失態的行為，只是上司或地位較高者所犯的錯。但年長者還是可能會因此感到不快，所以就先以「ぶしつけ（恕我冒昧）」來打個預防針。

**添付されていないようですので、恐縮ですが、再送していただけませんでしょうか。**

因為附件似乎並未附上，不好意思，可以麻煩您再寄一次嗎？

我想各位都曾發生過附件忘了添加就不小心地將郵件寄出的情況。雖然不算是什麼大錯，但也不是會讓人留下好印象的事。就這個例句而言，重點在於敘述目前所面臨的情況時避開肯定的語氣，以語氣較不肯定的「～のようです」來表達。當我們在指出地位較高者所犯的錯誤時，若不想對方對自己的印象變差，即使錯不在己，最好還是要以禮貌及謙卑的說法來指出對方的錯誤。

**生意気な言動で大変恐縮ですが、先ほどのお話の内容には間違いがあると思います。**

我對自己自大的言行感到抱歉，不過我認為您先前話中的內容有誤。

即使是相同內容的提議或指摘，也可能會因為表達方式的不同，而有完全不同的結果。你可能可以說服對方，也可能因此讓對方留下壞印象。以例句的說法而言，雖然內容很失禮，但先以一個表示禮貌的句子，讓對方做好心理準備，或許可以降低留下壞印象的機會。

13:00～18:00

3-17

〔交流〕

# 給予建議的時候

即使你想提供支援，在建議時也還是應該要以正確的說法表達，否則反而會對方覺得不愉快。為了不讓建議白費，先確認自己的說法沒問題再提出。

梅

・パソコンで調（しら）べてみよう。

・調（しら）べてみたら？

・用電腦查查看吧。

・試著查查看？

竹

中村（なかむら）さん、パソコンで調（しら）べてみませんか？

中村先生，要試著用電腦查查看嗎？

松

中村（なかむら）さま、パソコンで調（しら）べてみてはいかがでしょうか？

中村先生，要不要試著用電腦查詢看看？

使用時機及技巧

梅等級是對朋友或後輩使用的說法。「～してみよう（試試～）」是促使對方做某件事的句型。聽起來不會像命令，比較能讓對方留下好印象。

竹等級和松等級是對地位高於自己的人使用的說法。給予建議時，不該讓對方有你是以上對下的姿態在對他說話的感覺。因此在句子的開頭加上對方的名字非常重要。至於松等級使用的「いかがでしょうか（要不要～）」比較像是提案型式的建議，不但顯得較為謙虛，也比較不會讓對方產生不愉快的情緒。

除了例句的句型以外，也可以使用「私（わたし）も最近（さいきん）知（し）ったのですが、（我也是最近才知道，）」的說法表示。

3-18

〔請求〕

# 想求援的時候

人總會有無法獨自完成，必須拜託別人幫忙的時候。這時，最好盡量選擇不會讓對方感到不快的說法表達。

梅

**手伝ってもらえる？**

你可以幫我一下嗎？

竹

**手伝っていただけますか？**

可以麻煩您幫忙嗎？

松

**お力添えいただけませんか？**

是不是可以麻煩您幫個忙？

## 使用時機及技巧

梅等級是拜託別人幫忙最隨興的說法。如果對象是知道內情的朋友或家人，這麼說就沒問題。如果是商務場合，就只能對關係親近的同事或是後輩才能使用。

如果是公司內部的事務或是工作相關的事務，即使對象是同事，也會使用「手伝ってもらえますか？（你可以幫我一下嗎？）」。如果想要以更禮貌的方式對長輩或上司求援，則會使用「いただけますか（可以麻煩您～嗎？）」。

松等級的「お力添えいただく」是「手伝ってもらう」的謙讓說法。如果要更禮貌的表達，則可以說「お力添えくださいませんでしょうか。（能不能麻煩您幫我一個忙呢？）」，傳達自己因為要麻煩對方而感到不好意思的心情。

13:00~18:00

3-19

〔交流〕

# 加油打氣

即使本意是要為對方加油打氣，但若說的都是一些不負責任或是沒有根據的話，充其量只一種安慰而無法成為支持的力量。必須要以精確的言辭讓對方知道你是發自內心為對方加油。

梅

- がんばれ！
- 大丈夫だよ！
- 加油！
- 你沒問題的！

竹

応援してますよ。

我支持你。

松

うまくいくようお祈りしています。

我祈禱你一切順利。

## 使用時機及技巧

梅等級的使用情境是向後輩或是與自己同時期進公司的同事表達期待之情。竹等級則是向正在處理重要事務的前輩表達支持之意。松等級的使用對象則是地位比自己高的人，除了可用於日常生活中，也可以在寫信時放在信件的最後的位置。

其他的說法還有「陰ながら応援しています。（我會默默地為你加油。）」、「ますますのご活躍をご祈念申し上げます。（衷心期盼您步步高昇。）」等。表達的時候要小心，別讓這份心情白費了。加油時，不只是言語，心意也很重要。請帶著充滿活力的笑容為對方加油吧！不管話說得再漂亮，若話者沒有展現在態度或表情上，是沒有辦法傳達給對方的。

**普段通り、ベストを尽くせば大丈夫です。**

只要像平常一樣盡全力就沒問題的。

即使平時說話清楚有條理的人，當站在眾人面前或進行簡報的時候，應該也還是會覺得緊張。這時若想說些鼓勵的話，「頑張ってください。（請加油。）」和「期待しています。（期待你有好表現。）」都是ＮＧ的說法。因為這麼說，只是給對方壓力。這時該說的不是激勵對方的話，而是要選擇能讓他們冷靜下來的話。

**人事を尽くして天命を待てば、きっと勝利の女神も味方しますよ。**

只要盡人事聽天命，勝利的女神一定也會站在你身邊的。

「人事を尽くして天命を待つ（盡人事聽天命）」是諺語，意思是你盡己所能拼盡全力後，其餘就交給老天來決定，至於結果如何就別太在意，一切順其自然。當對方已經盡了一切努力，但還是覺得不安時，就可以對他說這句話。

**合格後の自分をイメージして楽しみましょう。**

不如開心地想像一下通過考試後的自己吧。

參加證照或是升職考試這類不是成功就是失敗的測驗，考前總是會很不安，擔心萬一出現自己不會作答的題目該怎麼辦。這時就可以對他說這句話。透過想像開心的事，對方或許就能讓帶著正向積極的情緒參加考試。如果就這樣帶著負面情緒應試，本來會成功的事也會以失敗告終。

13:00~18:00

3-20

〔請求〕

# 有事想拜託別人的時候

拜託別人的時候，不能採取「上對下的姿態」。一定要站在對方的立場思考，以「下對上的姿態」和對方溝通。

梅

○○、よろしく！

○○就拜託你了！

竹

すみません、○○をお願いします。

不好意思，麻煩你○○。

松

お手数ですが、○○をお願いできますでしょうか。

抱歉給您添麻煩了，不知是否可以拜託您○○呢？

## 使用時機及技巧

向對方提出要求或請託時，關鍵是別讓對方產生不想做的情緒。

梅、竹、松，越後面表示請託或要求的事情愈重大，或是話者要拜託的對象的地位更高。

竹等級和松等級的開頭都加入了緩衝用語。竹等級只要講「すみません、（不好意思，）」即可，而松等級使用的則是「お手数ですが、（抱歉給您添麻煩了，）」。除此之外，使用「ご面倒をおかけいたしますが、（給您添麻煩了，）」、「恐れ入りますが、（不好意思，）」等這些說法，也能更有效地向對方提出請託或要求。

緩衝用語無論何時何地、對象是誰都能使用，對方也很容易理解，屬於萬能的說法。

**お手数ですが、この書類にお目通しいただけますでしょうか。**

麻煩您不好意思，不知是否可以請您看一下這份文件呢？

「お目通し」表示的是「見る（看）」這個行為，帶有尊敬、禮貌以及要求的意味。這句話最後的「～でしょうか」會給人語氣比較柔軟的感覺。

**差し支えなければ、こちらをお使いください。**

若不會造成您的困擾，請您使用這個。

「差し支えなければ（若不會造成您的困擾）」用起來，會比「もしよかったら（如果可以的話）」給人更禮貌的印象，是工作幹練的人會使用的說法，甚至可以說是賢語讓人顯得聰明睿智最具代表性的例子。

**例の案件、ぜひお聞き届けいただきたくお願いいたします。**

上次的那件案子，務必希望您能夠批准。

和「聞いてください」相比，「聞く」＋「届ける」能夠更有禮貌地傳達深切的懇求之意。屬於具有「下對上姿態」效果的賢語。

**明日までに納品していただけますよう、切にお願いいたします。**

千萬拜託您最晚明天一定要交貨。

「切に」表示的都是十分重視、懇切這種帶有「全心全意」、「全身上下散發出的強烈意志」的語意。這是能夠表現傳達訊息者拼命的模樣的句子。

**お手すきの際に、ご覧いただけましたら幸いに存じます。**

若您有時間能夠過目一下，將是我的榮幸。

和容易讓人覺得失禮的「お暇でしたら、（你有空的話，）」「お時間がありましたら、（你有時間的話，）」相比，「お手すきの際に、（當您有時間時，）」是會讓對方覺得你有站在他的立場思考的說法。

13:00~18:00

3-21

〔確認〕

# 確認

即使是很簡單的句子，句中的單字也要隨著不同禮貌程度來進行調整。這是很簡單的法則，請聰明地使用它吧。

梅

これでいい？

這樣可以嗎？

竹

これでいいですか？

這樣可以嗎？

松

こちらでよろしいでしょうか？

你確定這樣可以嗎？

## 使用時機及技巧

向對方確認可不可以的時候，由於問題很單純，所以問法也很簡單。不過，句中的單字仍是要隨著不同的禮貌程度而進行變換。

這三個句子句首的「**これ**（這個）」和「**こちら**（這邊）」，相當於英語中的「This」。在商務場合中，若要以禮貌的方式表達，會將日語的「**これ**」換成「**こちら**」。如此才算得體、比較像社會人士該有的應對。

松等級是更為有禮的說法。最近看到很多人將「**これ**」以「**こちらでよろしかったでしょうか？**（你確定這樣好嗎？）」取代，但這並非正確的用法，各位在使用時還是注意一下。

3-22

〔請求〕

## 催促

著急的時候很容易把焦躁的情緒傳給對方，但這時偏偏又很難立刻將情緒平復下來，所以不如讓我們以平靜的語氣說話吧。

梅

○○急（いそ）いでください。

○○請快一點。

竹

すみません、急（いそ）いでもらえますか？

不好意思，可以快一點嗎？

松

恐縮（きょうしゅく）ですが、先日（せんじつ）の件（けん）、いかがでしょうか？

不好意思，請問先前那件事處理得怎麼樣了？

### 使用時機及技巧

如果和對方的關係可以用上對下的語氣說話，就可以用梅等級表達。不過商務上的往來最好還是要保有基本禮貌，因此相同的情況下，使用竹等級會比較合適。

表達催促之意最棘手的，就是對方剛好是交易對象或是地位在自己之上的人。因為一方面不能惹得對方不開心，但另一方面如果對方不儘快完成又會很麻煩，所以情況非常兩難。

這時就可以使用松等級的「いかがでしょうか？（怎麼樣了呢？）」來詢問對方。和直接催促相比，這種詢問進度的方式比較不會讓對方感到不快，而且只要對方沒有不開心，事情就更有可能朝著正面的方向發展，所以要聰明地選擇正確的說法來表達。

3-23

〔交流〕

# 表示拒絕時

拒絕時若以錯誤的說法表達，朋友之間可能還無所謂，但若發生在商務上，可能就不會再有下次的邀約。當在向對方表示拒絕時，必須要確實向對方傳達自己感到抱歉或遺憾的心情。

梅

ごめん、遠慮(えんりょ)しとく。

抱歉，我考慮一下。

竹

すみません、遠慮(えんりょ)させてください。

不好意思，請讓我考慮一下。

松

申(もう)し訳(わけ)ありませんが、遠慮(えんりょ)させていただきます。

非常抱歉，請容我考慮一下。

## 使用時機及技巧

拒絕對方的時候，如果直接說「お断(ことわ)りします。（我拒絕。）」，不但粗魯，拒絕之意也太強烈。日語中有「遠慮(えんりょ)する（謝絕）」這個方便的詞，該詞原本就帶有謹言慎行的含意。「遠慮(えんりょ)する（謝絕）」的語氣較直接拒絕溫和，請務必優先使用。

拒絕的如果是朋友之間的輕鬆聚會，梅等級就足夠；但如果是較正式的邀約竹等級比較適合。如果是長輩或上司的邀約，就要以更有禮貌的松等級來回覆。如果能再加上「すみません。（不好意思。）」、「申(もう)し訳(わけ)ありません、（非常抱歉，）」、「次回(じかい)を楽(たの)しみにしております。（期待還有下次。）」之類的語句，溝通會更順暢。

## またご縁がありましたら…

如果還有緣的話…

這個說法並未肯定地表示拒絕。若與對方之間的關係是還不清楚是否會再見面，或是並沒有很想和對方見面，亦或是工作上不太想接受邀約，卻又想要以最保險、不傷和氣的方式拒絕對方，這句話就能派上用場。工作面試之後，有時會以「では、ご縁がありましたらまた（那麼，如果還有緣的話就會再見面）」向對方告別。不過，如果想要展現積極的態度，就要小心別使用這個句子回應。

## ご確認いただければ返信はご無用です。

如您確定的話，則無需回覆。

如果是以「返信は必要ありません。（沒有回覆的必要。）」表示拒絕，對方會覺得很有距離。但如果是以這個例句的說法告知對方，對方反而會覺得備受關懷。如果要更有禮貌，可以再加一句「ご心配な点がございましたら、ご連絡ください。（若有任何疑慮，請和我連絡。）」，向對方表示如果有疑問，請儘管連絡我，對方會覺得你很體貼並對你留下好印象。

## また次の機会にお願いします。

下次有機會再麻煩您。

這是一個表示拒絕但卻不讓對方產生不愉快感受的說法。不過如果你希望對方不要再來約你，就不適以這個說法表達。因為按照字面上的意思，對方下次很有可能會再來約你。這個說法一般是以輕描淡寫的拒絕來敷衍對方。對象是上司也可以使用。熟識的人則可以改成「またの機会に。（下次有機會的話。）」。

13:00~18:00

3-24

# 〔提問〕提問時的開場白

不論再怎麼想問，都不該突然切入正題，因為這是非常粗魯的行為。首先必須要先詢問對方目前方不方便回答問題。

梅

すみません、

不好意思，

竹

お時間よろしいですか？

你有時間嗎？

松

お尋ねしてもよろしいでしょうか？

方便問一下嗎？

## 使用時機及技巧

如果以梅等級的「すみません、」作為開場白，基本上都會接著問「これはどういうことですか。（發生了什麼事？）」。當對方看起來很忙碌的時候，還是儘量避免以這種方式提問比較好。

竹與松等級先以「よろしいか（可以嗎）」請問對方。松等級甚至用了「よろしいでしょうか？（是不是可以呢？）」，都是禮貌的講法。不過，竹等級問的是對方的時間，松等級問的則是對方的意願，要視狀況選擇正確的說法。

若對象是長輩或上司，可以在「質問よろしいですか？（可以問一下嗎？）」「お尋ねしてもよろしいでしょうか？（方便問一下嗎？）」等句子之前加上一句「恐れ入りますが、（不好意思，）」，表示謙虛。

3-25

〔交流〕

# 委婉的開場白

「我想要你還我之前借你的DVD」、「得要告訴他真正的病名…」、「隔壁家的狗叫聲好吵」、「父母反對我們入籍」、這種時候，就利用這些委婉的開場白向對方開口吧！

梅

ちょっと話(はな)しにくいのですが…

這話我有點難開口…

竹

余計(よけい)なことを申(もう)し上(あ)げるのですが、

請容我多嘴說一句，

松

このようなことを申(もう)し上(あ)げるのは大変心苦(たいへんこころぐる)しいのですが、

這種事要向您開口我也很不好受，但是…

使用時機及技巧

梅等級是對朋友、夥伴及親戚使用的說法，算是不好也不壞的說法。一般使用多半不會有什麼問題。

竹等級是退一步的說法，且話中隱含雖然很不好意思但這話不說不行這種客氣又謙卑的心情。比較適合對高齡者或是彼此之間有一定程度的距離感的對象使用。

松等級的話中帶有「說話的這一方很痛苦，但聽的一方更痛苦」的含意。雖然大概可以推測出接下來要說的內容對雙方而言都不好受，但就和122頁所建議的緩衝用語相同，在進入正題前是否加上這些用語，將會大大地左右對方對於之後談話內容的接受度。

3-26

# 〔請求〕向對方請教的時候

13:00~18:00

可以請教事情的對象有很多，像是學校的老師、父母及兄弟姐妹、工作上的前輩、上司等。向對方請教時的問法稍有不同，對方教的方式也會不同。

梅

教（おし）えてくれる？

你可以告訴我嗎？

竹

教（おし）えていただけますか？

可以麻煩您告訴我嗎？

松

申（もう）し訳（わけ）ありませんが、ご指導（しどう）いただけないでしょうか。

不好意思，是否能夠麻煩您指導一下？

### 使用時機及技巧

梅等級是對朋友、同事、後輩或年紀比自己輕的人都不會有什麼問題的問法，但絕對不能對上司或年長者使用。

竹等級的問法不但讓人有謙卑與誠懇的感覺，而且用字遣詞又很有禮貌，對方應該也會禮貌地給予建議才是。擔任大學講師20年，我認為這句話的用字遣詞是學業優異的學生，或者是溝通能力足以獲得內定的求職者才有的水準。老師或面試官應該都會非常有好感才是。

20歲後半到30歲左右的人，如果想要更上一層樓，松等級就是MVP最佳金句。松等級的問法會給予負責指導的一方一定程度的緊張感，使其對你刮目相看。

**来週の作業について、ご教示いただけると大変助かります。**

關於下週的工作內容，您若能親身示範將會非常有幫助。

「教示」是用於向別人求教時，但只能用於非專業性質的事務。如果向人求教的是專業性質的事務，那就要使用「ご教授ください。（請教學。）」這二個詞彙的意思很相似，使用時要小心別用錯了。

**来週の発表会にむけてご指南くだされば幸いです。**

下週的發表會若能蒙您賜教將會是我的榮幸。

「指南」並不是求問知識，而是要求對方教導柔道或劍道這類型式上與武術、遊戲或藝術有關的項目時使用。相較於口語，這個詞較常用在書信中。這個句子就很適合放在放在電子郵件或信件的結尾。

**精進してまいりますので、ご指導ご鞭撻のほどお願いいたします。**

我會繼續努力，懇請您不吝給予指導和鞭策。

「ご指導（指導）」指的是指導者有目的地或有目標地進行引導的意思。「ご鞭撻（鞭策）」指的則是如同用鞭子抽打一般地給予強烈的督促的意思。這是一種非常謙遜的說法，居上位者給予指導的機率應該也會比較高。此外，這句話的適用範圍很廣泛，也可以放在電子郵件或書信的結尾。而不管求教的內容如何，在向對方求教後，別忘了要好好地和對方道謝。

3-27

# 〔請求〕想找人商量事情的時候

13:00~18:00

有事想要找人商量時，由於需要麻煩對方撥出時間，所以最好還是要多多熟悉一些不會失禮於人的說法。

梅

相談(そうだん)してもいい？

你可以和我談一下嗎？

竹

相談(そうだん)にのってもらえますか？

你可以和我談談嗎？

松

ご相談(そうだん)したいことがございまして、お時間(じかん)を頂戴(ちょうだい)できますでしょうか。

我有事想和您商量。不知能否耽誤您一些時間？

使用時機及技巧

梅等級和松等級都是直接詢問關係親近的人是否可以和對方商量事情。

不過，松等級是詢問對方能不能撥空商量事情，所以是比較顧慮對方感受的問法。若對象是學生時代的恩師，或是一直很照顧自己的前輩或長輩等，就要使用松等級詢問。

此外，建議還是要事先告知對方你要商談的內容為何。藉由事前告知，才能降低對方對於未知的不安，而且對方說不定還因為事先得知商談內容而想出更好的解決方法。

**○○プロジェクトの件につきまして折り入ってご相談したいことがございます。**

關於○○專案，我有件事想和您討論一下。

**お知恵を拝借できれば幸いです。**

若能借助您的智慧將是我的榮幸。

「折り入って（誠懇）」是當要提出嚴肅的要求，特殊的請求或是尋求諮詢時使用的詞。例如「折り入ってお願いしたいことがあります。（我想誠懇地拜託你一件事。）」。相較於「あの…、相談があります。（那個…，我有事想商量一下。）」的問法，使用「折り入って」作為句子的開頭，有暗示對方我有事想商量或是有事想拜託你的效果。此外，詢問對方的內容要儘量簡潔。因為這也是一種體貼對方的表現。

「お知恵を拝借する（借助您的智慧）」是得到來自上司或長輩的建議時使用的句子。「ご拝借させていただきます」則是NG的説法。句中同時有「ご拝借」和「いただく」為雙重敬語，不是正確的用法。一個句子裡放入二個敬語並不代表可以提高敬意。反而可能會因為過度使用雙重敬語而被認為是沒教養的人。

13:00~18:00

3-28

## 〔交流〕道歉

就算再怎麼小心，難免會因為失誤或遲到而得向人道歉。你的評價或許會因為道歉的說法有很大的差別。

梅

ごめんね。

抱歉。

竹

- ごめんなさい。
- すみません。

- 對不起。
- 不好意思。

松

申し訳ございません。

非常抱歉。

### 使用時機及技巧

梅等級是犯小錯時向朋友或同事道歉的說法。例如忘了帶東西而要向人借用物品或是稍微遲到的時候。竹等級則是因為比前者再稍微大一點的錯而造成對方不快時使用的說法。梅等級和竹等級基本上只能用在與同事之間聊天的情況，而不能用在商務場合。

適用於商務場合的是松等級的「申し訳ございません。（非常抱歉。）」。在商務場合絕對不能用「ごめんなさい。（對不起。）」，即使用「すみません。（不好意思。）」都會顯得過於輕率。如果是工作上的小失誤，別忘記還有一個「失礼いたしました。（不好意思，失禮了。）」可以使用喔！

**どうか、ご容赦ください。**

請您多多包涵。

希望對方原諒自己的失誤或錯誤時，就可以使用這個説法表示。正如同「本日のご提供ができません。何卒ご容赦ください。（今日無法提供服務，還請您見諒。）」，也可以用於表示恭敬地請求對方。

**ご放念いただけますでしょうか。**

不知是否能請您別放在心上？

「ご放念」是禮貌地請對方別在意的意思。若對象是上司或交易對象，即便是以「気になさらずに。（別在意。）」這種禮貌的説法表達，也還是被認為有些不夠莊重，所以一定要使用這個例句的説法表達。

3-29

## 〔交流〕反駁

反駁這件事本來就不容易表達，而且開口說也需要勇氣。這時就要儘量使用能夠讓對方比較容易接受的說法。

梅

でも~、

可是~

竹

失礼(しつれい)ですが、

恕我冒昧，

松

出(で)すぎたことを言(い)うようですが、

請恕我多嘴，

### 使用時機及技巧

梅等級的「でも~、（可是）」直接的反論對方，若對方性情急躁可能會起爭執。惹得對方不快，反而無法接受你的觀點。如果要更委婉地反駁對方，必須在克制在只部份的否定，並用提議的方式向對方溝通。竹等級即為此種句型。梅等級建議在後續再加一句「○○のほうがいいんじゃない？（○○比較好不是嗎？）」，竹等級則加上「○○ではいかがでしょうか。（那你覺得○○怎麼樣呢？）」，來表示緩衝反駁的力道。

松等級的說法帶有「雖然我不夠格講這種話」的含意。如果對象是長輩、上司或是年長者，使用松等級的說法，對方應該能夠理解說話者謙虛的態度，也就不會因此而感到不愉快。

**僭越(せんえつ)ながら、その案(あん)には多(おお)くの問題(もんだい)があると思(おも)います。**

恕我冒昧直言，我認為那個案子有很多問題。

當你要對上司或長輩說的話表示意見或是反駁對方時，就可以直接加上這句「僭越(せんえつ)ながら（恕我冒昧直言）」。藉著這個說法可以向對方表示：我很清楚以自己的地位來說不該說這些話，藉由向對方展現自己的謙卑，讓對方不會覺得你是個傲慢的人。

**有体(ありてい)に申(もう)しますと、成功(せいこう)しないと思(おも)います。**

恕我直言，我認為不會成功。

為了避免因「說實話」導致對方的印象變差，就用「有体(ありてい)に申(もう)しますと（恕我直言）」表達。有時就是必須誠實以告，但要是不客氣地直說就會給人不好的印象。如果使用例句的說法，就會在上司或長輩的心目中留下這人說話很得體的印象。

**お言葉(ことば)ですが、こちらのほうがよろしいかと思(おも)います。**

恕我直言，我認為這一個比較好。

不是突然就對上司或長輩說「お言葉(ことば)ですが（恕我直言）」，對方就會因此就留下好印象。首先你必須要讓對方知道自己有確實聆聽並充份了解對方說的內容。突然就被全盤否定，沒有人會覺得好受。如果對象是上司或長輩，就必需要更加小心。使用這個說法的時候，最好可以搭配感到抱歉的表情及語調，藉此展現你恭敬的態度。

3-30

## 〔交流〕邀約

向對方提出邀約時，對方會視你的問話方式而有不同的反應。提出邀請時要考量對方的地位以及對方和自己的關係，慎重地選擇合適的說法。

### 梅

- 今晩(こんばん)、ひま？
- 明日(あした)、空(あ)いてる？
- 今天晚上有空嗎？
- 明天有空嗎？

### 竹

- 明日(あした)の夜(よる)、時間(じかん)ありますか？
- 明日(あした)、○○はいかがですか？
- 明天晚上有時間嗎？
- 明天○○怎麼樣？

### 松

○○ご一緒(いっしょ)したいのですが、明後日(あさって)のご都合(つごう)はいかがでしょうか？

我想和你一起○○，後天您方便嗎？

### 使用時機及技巧

提出邀約時的重點在於①站在對方的角度說話、②提出邀約時內容要簡潔有力、③目的明確，對方會比較沒有壓力。工作上還是私人的邀約？只是一般的小約會還是有什麼大目的？只要將這些重要的資訊以簡短的語句表達，應該會比較容易說服對方並得到對方的回覆。

梅等級很明顯是朋友之間邀約的說法。竹等級則稍微正式一些，適合對交情尚淺的人使用。商務場合或者上司及長輩等對象則應該要使用松等級，先表達邀約的目的，然後再詢問對方是否方便，才不會顯得失禮。提出邀約的時候難免會緊張，記得要以笑容應對。

### 應用一

**この○○、面白そうだから一緒に行かない？**

**這個○○看起來很有意思，要不要一起去？**

這句話雖然簡單，但能最有效地傳達自己的興奮之情。也可以用於電子郵件或電話。

### 應用二

**来月の講演会、行こうかどうしようか迷っているんだよね。**

**我很猶豫要不要去下個月的這場演講。**

「邀請＋猶豫」的說法話中其實隱含的是「如果你要去的話，那我也要去…」的意思，可以看出說話者希望對方能在他背後推他一把。

### 應用三

**今晩、飲みにいかない？**

**今晚要不要去喝杯酒？**

用於同事、同輩、朋友、戀人、夥伴、後輩等對象的說法。如果希望對方點頭答應，只要告知對方具體的地點等資訊即可。

### 應用四

**もしよかったら、このイベント、一緒に行きませんか？**

**如果可以的話，要不要一起去這個活動？**

當想要和對方一起去的情況下使用。但若額外加上「有多的票」或是「別人給的票」之類的話，對方聽到後可能不會太開心。

### 應用五

**最近、ご一緒してませんね～。**

**最近都沒和你在一起呢。**

話中暗示了「我想和你在一起」的真心話。這時可以得體地回應對方：「そうですね。来週末などいかがですか？（我看看喔。下週週末你可以嗎？）」

### 應用六

**話したいことがあるんだけど…。**

**我有事想跟你說…。**

用於有事想商量或是告白之類的情況。當期盼對方務必聽你說時，就可以用這個說法向對方表達。

### 應用七

**今度のワイン会、参加しない？**

**你要不要參加這次的品酒會？**

這種包含具體的活動名稱的邀約說法，對方會比較願意表態參加。這時可以用「ぜひ、よろこんで。（當然，我很樂意參加。）」回應對方的邀約。

3-31

# 〔回應〕接受對方邀約的時候

明確地表明YES或NO、對對方提出邀約表示感謝、並選擇不會失禮於人的說法表達。只要順利地通過這個階段，一定可以渡過一段開心的時光。

梅

・いいよ。
・いいですよ。
・好啊。
・可以啊。

竹

はい、わかりました。行(い)きましょう。
好的，我知道了。我們一起去吧。

松

お誘(さそ)いありがとうございます。喜(よろこ)んでお供(とも)させていただきます。
謝謝你邀請我。我很樂意陪你一起去。

使用時機及技巧

梅等級的「いいよ。（好啊。）」是用於朋友家人之間，「いいですよ。（可以啊。）」是敬語，不過因為和竹等級一樣，都很容易給人一種以上對下的姿態說話的印象，所以使用時要慎選對象。

松等級的「お供(とも)（隨從）」原本是指在過去的武家社會之中追隨君主的人。在現代社會用這個說法，可以說是將交易對象或上司視為「君主」，而自己則是「隨從」，所以是一種敬意十足的講法。媳婦要和婆婆出門的時候，也對婆婆說「お供(とも)させていただきます。（請容我與您同行。）」或許還會因為獲得謹守份際、善於用字遣詞等好評而加分不少。

## ありがとうございます、心待ちにしております。

謝謝您，我很期待。

你若是以「楽しみにしています。（我很期待。）」、「わくわくしています。（我感到非常興奮。）」，的說法回覆對方，你在對方心中留下的就是不成熟的印象。然而，若你使用的是「心待ち（期待）」，則可以將自己對於能夠見到〇〇先生，或是可以去△△而感到興奮期待的心情優雅地傳達給對方。此外，也可以放在電子郵件等文章的結尾表示「中村様とお会いすることを心待ちにしております。（我很期待與中村先生見面。）」。

## お言葉に甘えて、ご一緒させていただきます。

恭敬不如從命，請讓我和您一起去。

這個說法是用於向上司或長輩表示願意接受他們的好意或是善意的建議。比起只是單純表達感謝之意，使用這個說法回覆給人的印象會更好。各位可以試著在道謝之後加上這句話。亦或是改用「ご好意に甘えて、（盛情難卻，）」的說法表達。用餐時若看到對方打算付錢請客時，可以先以不好意思的表情詢問對方這樣真的好嗎，然後再開朗地以這句話來回覆對方。

13:00~18:00

3-32

# 〔回應〕拒絕對方邀約的時候

答覆對方的時候，必須要為自己回答NO或是拒絕對方而道歉，並並且還要向對方表示期盼仍有下一次的機會。必須要注意別讓對方因此而不開心。

梅

無理（むり）です。

沒辦法。

竹

予定（よてい）が合（あ）わず、申（もう）し訳（わけ）ありません。

非常抱歉，時間上無法配合。

松

せっかく誘（さそ）っていただいたのですが、あいにく先約（せんやく）があり、お伺（うかが）いできません。

承蒙您好意邀請，不巧的是我已經有約，無法參加。

使用時機及技巧

人家特地來約你，卻只用一句梅等級的「無理（むり）です。（沒辦法。）」來回應對方，實在是非常失禮。除非有什麼特殊的緣由，否則這個說法最好別用。

竹等級是拒絕邀約非常標準的說法，但是也可能會被認為是陳腔濫調，要特別注意。

松等級的「あいにく（不巧）」是很常出現的用詞。通常是用來表示不方便、可惜、狀況不如預期。原本的發音「あやにく」，是「真是可恨」的意思。現在則大多是用在需要以委婉的語氣表達的情境中。有時會也以「お生憎様（あいにくさま）（真不湊巧）」表示「残念（ざんねん）でした（好可惜）」。下一頁提到的拒絕三大金句，請各位一定要銘記在心。

# 拒絕三大金句

想表達拒絕的時候，就會希望自己懂得「漂亮拒絕的技巧」。這時請善用「せっかくですが（多謝您的好意）」、「あいにく（不巧）」、「またの機会に（下次若有機會）」這三大金句。

「せっかく」的漢字是「折角」，除了有「わざわざ（特意）」や「残念ながら（很遺憾）」的意思之外，也用於表示對於某個動作沒有得到預期的結果而感到遺憾的心情。表達「わざわざ」之意的句子有「せっかくおいでいただいたのに、留守にして申し訳ありません。（你特意跑一趟，我卻不在家，真是不好意思。）」、「せっかくの好意を無駄にして（白白浪費你的好意）」、「せっかくですがお断りさせていただきます。（謝謝您的好意，但請容我拒絕。）」。表達「残念ながら」之意的句子則有「せっかく努力したのですが不合格でした。（我都這麼努力了，卻還是沒考上。）」、「せっかく用意したのだから、食べていけばいいのに。（好不容易才準備的，我應該要去吃的。）」。

「あいにく（不巧）」則如右頁所介紹過的，是用於表達不方便、遺憾、不如預期的時候。

「またの機会に（下次若有機會）」則可分為正向積極型以及社交辭令型。正向積極型所表示的語意為「這次是因為行程上或時機上難以配合，下次應該就不會有問題了，所以如果還有機會的話請儘管開口」，是讓對方覺得未來還有機會的說法。社交辭令型所表示的語意則是「下一次是不是真有機會還不清楚，總之先暫時當作有這個機會。」。不妨將這個用法理解為既不具體，也沒有任何深意，單純只是拒絕時慣用的說法。

3-33

## 〔交流〕決定聚會的地點

聚會的地點會因為與對方的人際關係、信賴關係而有所不同。最重要的是「不要只獨善其身」。

梅

どこにする？

你要在哪裡？

竹

○○でいいですか？

在○○可以嗎？

松

○○にしていただけませんでしょうか？

不知能否在○○？

### 使用時機及技巧

梅等級是先商量再決定的模式。如果在討論時對方這麼說，可以具體地提議一個場所。如果要詢問的對象是上司或長輩，「どこがよろしいでしょうか？（您覺得哪裡比較好呢？）」會比較合適。

竹等級是先依照你自己方便決定地點，然後再尋求對方同意的模式。關係親近的對象或是你有決定權的情況才能用這個說法表達。

松等級是你拜訪對方選擇你事先選定的地點的模式。而當你提出這樣的要求，對方應該也會意識到你可能是因為某些緣故才特別選擇這個地點。

不管怎麼說，決定地點的時候，比起單方面決定的說法，使用提議或是商量的說法是比較得體的做法。

3-34

〔街上〕

# 搭計程車時告知目的地

就算身為客人，也不代表就可以以傲慢的態度待人。身為一個成年人，無論是待人還是接物，時時刻刻都要以禮相待。

梅

渋谷のハチ公！できるだけ急いで。

涉谷的忠犬八公那裡！儘量快一點。

竹

渋谷のハチ公まで行ってください。

請到涉谷的忠犬八公。

松

渋谷のハチ公までお願いします。

麻煩你載我到涉谷的忠犬八公。

使用時機及技巧

現在的計程車業競爭激烈，所以不管客人的態度有多惹人厭，司機應該也不會故意繞遠路或是故意多收車資。

話雖如此，在空間狹小的計程車上，還是希望在到達目的地前，車內能夠有良好的氣氛。這時要注意的是①不要使用命令形說話以免惹人厭、②採取拜託對方的態度、③以溫和委婉的方式說話。

梅等級是應該避免的說法，竹等級和松等級則是二者皆可用。即使你想快一點，實際情況也還是取決於紅綠燈或塞車等路況，這時可以先拜託對方：「可能なら急いでください。（可以的話請儘量快一點。）」。

13:00~18:00

3-35

〔關懷〕

# 送別時

「立(た)つ鳥跡(とりあと)を濁(にご)さず」：鳥飛離時不會把水面弄髒，引申為人離開時應該要自行清理善後，以免造成不愉快。

別離是人生中很重要的時刻。各位可以事先想想像這樣的時候，說些什麼才會讓人抱著樂觀的心情，好好地和彼此道別。

梅

がんばってね。

加油喔！

竹

健康(けんこう)に気(き)をつけて、ご活躍(かつやく)ください。

注意健康。期待你大展身手。

松

中村(なかむら)さんのご活躍(かつやく)、期待(きたい)しております。

期待中村先生大展身手。

使用時機及技巧

本頁的梅、竹、松預想的情境是跟調職的人送別。該怎麼說得看話者和送別對象之間的關係，但無論是哪一句乍聽之下都只是客套話。如果可以加上「これからも連絡(れんらく)しますね。（之後也要保持連絡喔！）」、「寒(さむ)いでしょうから、お体(からだ)に気(き)をつけて。（天氣會很冷，要保重喔！）」之類語句，能夠更有親近感。

此外，如果是因為升學而離開，則可以搭配「ひとり暮(ぐ)らしだから戸締(とじま)りしっかりね。（自己一個人住，門窗要關好喔！）」、「勉強(べんきょう)しっかりね。（要好好唸書喔！）」這類打氣的話語。若情況允許，可以加上「寂(さび)しくなるね。（我會很寂寞的。）」來表達情感。

3-36

## 〔問候〕離開公司時

一天結束的時候要讓自己的明天充滿動力。別神不知鬼不覺地離開公司，留意自己的視線及姿勢，好好地打個招呼再離開。

**梅**

じゃあ、帰（かえ）りますね。

那我回家囉。

**竹**

お先（さき）に失礼（しつれい）します。

我先告辭了。

**松**

何（なに）かお手伝（てつだ）いすることありますか？なければ、これで失礼（しつれい）させていただきます。

有什麼我可以幫忙的嗎？如果沒有的話，請容我先告退。

### 使用時機及技巧

打工地點、公司、工作的地點，如果使用梅等級表達，可能會得到一句：「永遠（えいえん）に帰（かえ）っていいよ。（你再也不用來了。）」，而你也成為公司裡的「頭痛人物」。竹等級是常用的說法，幾乎對所有人，都只要用這個說法就可以了。

不過，能者就是與眾不同，他們會多加一句話。只是多問一句「何（なに）かお手伝（てつだ）いすることはありますか？（有什麼事是我可以幫忙的嗎？）」，其他人就會認為你是一個注重組織與團隊合作，並且能與人分工合作的人。

下班前會使用松等級說法的人，越可能是最早到公司，並且總在各方面領先一步的人。反而，常使用梅等級說法的人，越會有晚到公司或工作能力不佳等問題。首先就從注意自己的用字遣詞開始吧。

13:00~18:00

3-37

# 〔應對〕想避開騷擾時

最近，「騷擾」已經成為工作、家庭等各種場域的問題。不管是要直截了當地拒絕，還是委婉或含蓄地拒絕，就配合ＴＰＯ來應對吧。

梅

…。

（不發一語）

竹

はい、そうですね。

是，你說得是。

松

## 使用時機及技巧

騷擾如今已成為社會問題，其中包含性方面的性騷擾、職場的權勢騷擾、大學中的學術霸凌等。雖然應對的方式會因類型而異，但最基本的做法，通常是像梅等級那樣不理會騷擾行為，或者是像竹等級這樣假裝同意而不正面回應。

完全逆來順受，但無視似乎也不是個好辦法，像這樣的情形就更需要以「成年人的應對方式」來回應對方。其實若能好好地和對方交涉，多半不太會留下什麼後遺症，所以不如讓我們好好地來處理吧。

# 第四章

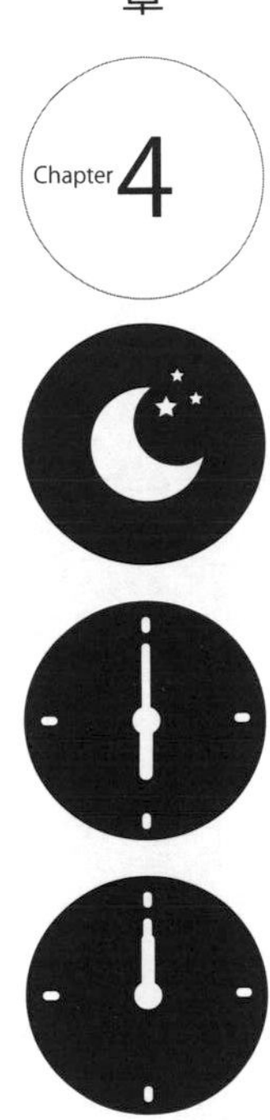

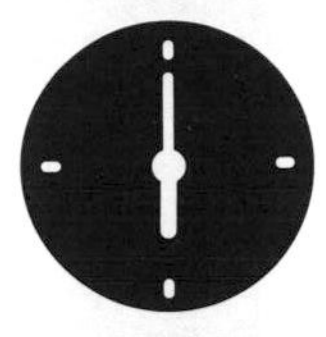

18:00 ~24:00

4-01

# 〔問候〕夜間打招呼

18:00~24:00

平日談天其實更偏好不會太硬、不會太軟、冷熱適中的說法來打招呼，或是進行溝通交流。自然不做作的對話中還是能散發優雅和智慧的光芒。

梅

どうも。

你好。

竹

こんばんは。

晚安。

松

夜(よる)もすっかり更(ふ)けてまいりました。

已經很晚了。

## 使用時機及技巧

梅等級的「どうも。（你好。）」雖然看似是一個可以在任何時間、任何地點、並且對任何人都可以使用的慣用說法，但別在職場使用才是明智之舉。這個詞原本就沒有特定的語意，是能夠隨著情境變換語意的說法。「どうも。」似乎同時具有「ありがとう。（謝謝。）」、「すみません。（不好意思。）」、「こんにちは。（你好。）」等多個語意。

夜間打招呼時，竹等級的「こんばんは（晚安）」是最簡單也最合適的說法。隨口加上一句關心或貼心的話、或是季節相關的話題，聽起來就會更自然些。

松等級比較像是開場問候，但如果能夠學會這種表達方式，你在別人眼中的價值一定會高高攀升。

4-02

## 〔交流〕 討論要吃什麼

在討論要吃什麼的時候，朋友之間通常不太在乎誰握有主導權。但若是與朋友之外的人，關鍵就在於你和其他人之間，主導權掌握在誰的手上。

梅

何食べたい？私はなんでもＯＫ。

你想吃什麼？我都可以。

竹

この近くの洋食屋でパスタはどうですか？

附近西餐廳的義大利麵怎麼樣？

松

- そろそろお昼ですね。何を召し上がりますか？
- 昼食は何にいたしましょうか？
- 何になさいますか？
- 差不多中午了，您要吃什麼？
- 我們午餐該吃什麼呢？
- 您要吃什麼？

### 使用時機及技巧

梅等級與其說是與人對話，比較像是隨意的發言。親友之間就可以使用這種說法。如果僅限於私人關係，這種直來直往的說法並沒有什麼問題。

不過，若對方是長輩，則應該使用竹等級的說法。如果要再禮貌一些，像是「近くの洋食屋のスパゲッティなど、いかがでしょうか？（附近西餐廳的義大利麵怎麼樣？）」，氣質也會提昇。初次見面也同樣會使用竹等級，隨著關係加深之後，才可以改成以梅等級。

松等級的說法則是要在確認自己與他人之間的關係或距離，再決定該使用表示謙讓的「いたす（決定）」，還是表示敬重對方的「召し上がる（吃）」、「なさる（決定）」。除了可以用於同行用餐的時候，也可以在安排飯局時使用。

4-03

## 〔交流〕預約

就算你的身份是客人，也不該用霸道的語氣說話。對每一個人都應該要儘量以禮貌的言辭對待。

**梅**

29日(にち)に予約(よやく)を入(い)れてください。

請預約29日。

**竹**

29日(にち)に予約(よやく)を入(い)れたいのですが、大丈夫(だいじょうぶ)ですか？

我想預約29日，可以嗎？

**松**

29日(にち)は空(あ)いていますか？

29日有空檔嗎？

### 使用時機及技巧

梅等級所使用的「～ください（請～）」具有要求及命令的意味。有些人可能會覺得這樣的語氣聽起來很有壓迫感。所以聽到這樣的說法，別人很難會對你有好印象。竹等級則是將「だが」改成較有禮貌的「ですが」來詢問對方，因此是比梅等級更能讓人留下好印象的說法。松等級則是先詢問對方的狀況，以便自己在行事曆上做註記，是一種很實用的說法。

預約美容院或醫院這類場所，除了日期以外，還要預約特定對象的時段，這時則可以用「中村(なかむら)さん／先生(せんせい)は29日(にち)空(あ)いていらっしゃいますか？（中村先生／醫師29日有空嗎？）」的方式詢問。

# 順利地取消預約

有些人會認為取消預約是隨客人高興，所以使用什麼樣的說法都可以。

但是要直接了當地說出「キャンセルで。（我要取消。）」是有難度的。這種情況通常需要以冷靜沈著的態度及得體的言行來應對，所以如果真的遇到這樣的情況，無論如何也至少應該說一句「キャンセルをお願いします。（麻煩請取消預約。）」。

不過，如果可以用「申し訳ありませんが、キャンセルさせてください。

（不好意思，請讓我取消預約。）」表達會更有禮貌。這麼說會讓人覺得說話者有在顧慮或關心店家及店員的感受。其他還有「恐縮ですが、（不好意思，）」、「大変恐れ入りますが、（非常抱歉，）」等說法。客人處理事情的時候若能多從店家的角度思考，店家對這位客人的評價也會變好，就算真的取消，你也無庸置疑地會是他們歡迎下次再度光臨的客人。

然而，如果店家及店員的回應讓客人有「取消？」這種被質疑的感覺，同樣也會讓客人留下不好的印象。而在對話的最後，店家還是要以「わざわざお電話いただき、ありがとうございました。（感謝您特地打電話來。）」，向客人表示感謝。

18:00~24:00

4-04

〔應對〕

# 在餐廳點餐

在餐廳點餐時，各位都是如何表達的呢？日本是「おもてなし（款待）」之國，點餐時要依據一起用餐的對象以及餐廳的氛圍，選擇適合的表達方式。

梅

○○をください。

我要○○。

竹

○○をお願（ねが）いします。

我要○○。

松

○○をいただけますか？

我可以點○○嗎？

使用時機及技巧

梅的語氣比較接近上對下，竹的語氣是平等相待，松的語氣則是下對上。即使你是客人，能對店家有禮，店員心情好，服務的過程自然會流暢。只要保持基本的禮貌，就可以愉快地享受用餐時間。

如果想要再加上緩衝用語，梅等級可以用「すみませんが、（不好意思，）」；竹等級可以用「申（もう）し訳（わけ）ありませんが、（不好意思，）」；松等級則可以用「大変恐縮（たいへんきょうしゅく）ですが、（真是不好意思，）」。

當餐點送上桌，與其不做任何表示或是只說一句「どうも。（謝謝。）」，不如說些感謝的話，如「ありがとう。（謝謝。）」、「ありがとうございます。（謝謝您。）」。

# 讓人留下好印象的技巧

像右頁那樣的場景，說話者（客人）的人格或情緒（＝內心的想法）也會反應在言語上。

「○○に変えてください。（請改成○○。）」的說法會給人「因為自己是客人，所以更改點餐內容也是理所當然」的感覺，「○○にしてもらえますか？（可以改成○○嗎？）」則給人「只是因為自己方便想改就改」的感覺。打算變更點餐的內容時，應該要說「申し訳ありませんが、○○に変えていただけますでしょうか。（不好意思，可否請您幫我改成○○？）」。

工作能幹，但性格卻很糟糕的人意外地多，給人「上班時很完美，但下班後卻是這樣？！」這種印象，實在是可惜。尤其部屬或後輩對上司或前輩不經意的一句話常會很敏感，所以上位者應該要隨時地保持禮貌，或是在溝通時，以平等或是從下對上的角度替下位者著想。讓自己在約會或是私下與人相處時，也能讓周遭的人覺得「太棒了！這人心胸真的很寬大」，進而提昇眾人的好感度。

我們不會知道自己的行為會在何時、何地被誰看到。所以即使是一個平日在眾人印象中總是待人謙和有禮的人，只要被目睹一次霸道的言論和態度，評價就會瞬間暴跌。

這是學校、公司及家庭不會教你的「緊急！關鍵時刻的談話技巧」。可以觀察心胸寬大的人，模仿並偷偷學習他的待人處事。

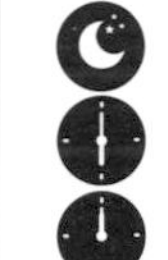
18:00~24:00

4-05

〔交流〕

## 讚美料理

如果覺得餐點「很好吃」，就會想將自己感受如實地傳達給店家。配合當下的情境！試著親口將「美味(おい)しゅうございます。（真好吃。）」說出來吧。

**梅**

美味(おい)しいです。

很好吃。

**竹**

美味(おい)しゅうございます。

真好吃。

**松**

こんな美味(おい)しいお料理(りょうり)は、初(はじ)めてです。

我是第一次吃到這麼好吃的料理。

### 使用時機及技巧

希望口中說出的話語，能與吃到的美味一樣動人。

梅等級直接了當，但如果可以加上一兩句具體的描述，廚師或是其他店員感受到的喜悅也會加倍。

竹等級則藉由加上「～しゅう」讓話者顯得更優雅、知性。

松等級的表達方式是藉由其他讚美的話語把自己的感受傳達給對方，對方聽到後會覺得更興奮、更感動。這裡有一點要特別注意，如果只是口頭上說幾句，而沒有將自己的情緒搭配言語一起表達，有時反而會有反效果。

最後，如果可以再加一句「またぜひいただきたいです。（請務必讓我再次嚐嚐您做的料理。）」，可以更進一步表達你對於那道料理的喜愛之情。

## 最高等級的「～しゅう」例句

- **お目にかかれて、嬉しゅうございました。**
  和您見面我感到很開心。
- **今日のお茶会は本当に楽しゅうございますね。**
  今天的茶會真的很開心。
- **京都は10年ぶりでずいぶん懐かしゅうございました。**
  十年沒來京都了，真是讓人非常地懷念。
- **花嫁さん、本当に美しゅうございますね。**
  新娘真的是十分美麗。
- **人間関係は難しゅうございますね。**
  人際關係真是難解。
- **相変わらず、お忙しゅうございますね。**
  你還是一樣那麼忙碌。

---

- **若うございますよ、同い年とは思えません。**
  你很年輕啊，完全不覺得你和我同年齡。
- **今日の夕日は、格別赤うございますね。**
  今天的夕陽特別紅。

以「形容詞＋ございます」表示禮貌時，以「～しい」結尾的形容詞是以「～しゅう」表示；以「～い」結尾的形容詞，則是由「～う」變形後再接續「ございます」。

例如「嬉しい（高興的）」就是「嬉しゅう」；「楽しい（快樂的）」就是「楽しゅう」；「面白い（有趣的）」即為「面白う」；「若い（年輕的）」即為「若う」。

如果是現在式是接續「ございます」；如果是過去式則是接續「ございました」。

如果有機會在非常正式的場合，與最高層級的上司或長輩談話，請務必試著使用看看。

4-06

〔交流〕

# 勸酒

喝酒的聚會、歡迎會、社交聚會、慶功宴等飲酒交流的場合。正因為目的是開心地喝酒，所以放鬆心情的說法以及「觸發對話的開場白」就更顯重要。

梅

どうぞ。

請。

竹

まぁまぁ、一杯(いっぱい)、グッと。

好了好了，乾掉這一杯。

松

一杯(いっぱい)いかがですか？

喝一杯如何？

使用時機及技巧

梅等級可以對後輩及熟人等地位相近的人使用，或是在氣氛比較輕鬆的公司聚會上，向前輩或上司勸酒或斟酒時使用。竹等級除了可用於商務上的同輩或後輩之類的對象，也是居上位者向居下位者勸酒時可以使用的說法。松等級如果是和公司有關的對象可用於上司或前輩，公司以外則是對長輩使用的說法。這時的重點是以「～いかがですか（～如何？）」這種類似提議的語氣表達。若硬是向對方勸酒只會破壞別人對你的印象。

不管是哪一種情境，強行向對方勸酒是違反禮儀的。勸酒時務必觀察對方的反應，如果對方不喜歡喝酒，可以請對方改喝軟性飲料。

# 如何拒絕喝酒，卻不會讓人留下壞印象

即使已根據各種情境選擇最適合的說法，但仍是無法改變「否定」、「拒絕」都是對對方非常失禮的行為。

就算因為某個原因而無法喝酒，被勸酒時，也會希望儘量以不失禮的說法來拒絕對方。想要擅於溝通，就要擅於拒絕，委婉地向對方說NO吧。

就算再錯，也絕對不能用「飲めません。（我不能喝酒。）」、「無理です。（我不要。）」這種讓對方無言以對的說法表達。如果是關係親近的人可以用「ごめんなさい、飲めないんですよ。（對不起，我不會喝酒。）」，也可以笑笑地和對方說「私、ゲコなんです。（我的酒量真的很差。）」。

另外，如果是比較正式的場合，則可以運用「あいにく不調法なもので。（我正巧不會喝酒。）」來表達拒絕之意。

「不調法」的意思是①不周到、笨拙；②錯誤、大意、疏忽；③對飲酒或技藝沒有天份。這個字帶有自謙的意味，在此處是③的意思。

另外，「酒は嗜まないもので。（我不喜愛喝酒。）」也是成年人表示拒絕時的說法。

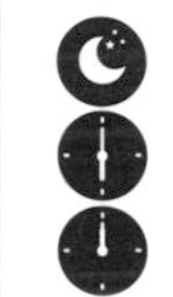

4-07

〔請求〕

# 想要一杯水的時候

就算是自己的事，也有不得不拜託別人幫忙的時候。關鍵在於怎麼說才不會讓對方覺得這是件麻煩事。

**梅**

お水（みず）ください。

請給我一杯水。

**竹**

お冷（ひ）やをください。

請給我一杯水。

**松**

申（もう）し訳（わけ）ありませんが、お冷（ひ）やをお願（ねが）いできますか？

不好意思，可以麻煩您給我一杯水嗎？

## 使用時機及技巧

梅等級是在餐廳請店員送一杯水來的說法。雖然是餐廳中很自然會脫口而出的一句話，但卻可以展現自己友善的態度。竹等級是使用表示開水之意的「お冷（ひ）や」這個禮貌用語。一般在對店員說話的時候，很容易就採取較強勢的姿態，若能以這個說法表達，可以使氣氛較為緩和。在高檔餐廳或是精品店可以配合當下的氛圍，試著以「お冷（ひや）をいただけますか。（可以給我一杯水嗎？）」的說法表達。松等級是用於拜訪交易對象或熟識友人的住處之類的地方使用的說法。在拜訪地點由自己開口要水是很不禮貌的，但在非這麼做不可的情況下，可以試著使用松等級的說法表達。別忘了要先加一句緩衝用語「申（もう）し訳（わけ）ありません（不好意思）」。

4-08

〔祝賀〕

# 祝賀生日

生日時都會向壽星說句話，希望對方可以開開心心地過生日。而當在向對方表達祝福的時候，請依對象選擇合適的說法。

梅

ハッピーバースデー！

生日快樂！

竹

お誕生日（たんじょうび）おめでとう！

祝你生日快樂！

松

お誕生日（たんじょうび）、おめでとうございます。

祝您生日快樂！

使用時機及技巧

生日是一年一次的重要日子，要注意別講出失禮的話。

梅等級和竹等級是對家人、朋友或是後輩等關係親近的人使用，是感覺較為親近的說法，適用於家人、朋友或是後輩等關係親近的對象。至於要使用哪一句，可視當下的氣氛而定。這二個說法的禮貌程度與適用對象的位階幾乎相同。

松等級則是對上司或長輩使用的說法。祝賀完生日之後，如果能夠再加上一句祈求對方身體健康或事業成功的話語就更完美了。像是「今日（きょう）からの一年（いちねん）、ますますお健（すこ）やかに過（す）ごされますように。（希望您在接下來的這一年，身體愈來愈健康。）」或「ますますのご活躍（かつやく）を祈念（きねん）しております。（期盼您步步高昇。）」等，都是很得體的說法。

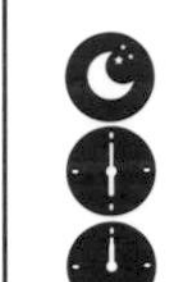

18:00~24:00

4-09

# 〔交流〕想要改變話題的時候

有一點要特別注意，就是不要打斷對方說話。請選擇顧慮對方且不失禮的說法表達。

梅

それでさ~

然後啊~

竹

ところで、

順道一提，

松

話（はなし）は変（か）わりますが、

換個話題，

## 使用時機及技巧

要改變話題時，重點是要在對方的話告一段落之後再說。無論松、竹、梅皆是如此。

梅等級可用於關係十分親密的家人或朋友之間。但若你在職場或是當著上司或長輩的面前說，當下就會直接被判定出局。竹等級可以使用的範圍很廣泛，所以最好記起來，當有需要時就可以派上用場。

松等級是最體貼的說法。但在一些極為正式的場合或是會議之中，若遇到需要讓話題暫時打住，或是經他人同意改變話題的情況，使用「次（つぎ）の話題（わだい）に移（うつ）ってよろしいですか。（我們可以進入下一個話題嗎？）」的說法表達會比較好。

4-10

〔勸告〕

# 提醒對方酒喝太多

想和上司或長輩等地位較高者拉近距離，一起喝酒雖然有所助益，但酒喝太多還是不太好。提醒對方時，要注意別讓對方不高興。

梅

飲(の)みすぎだよ…。

你喝太多了。

竹

お体(からだ)に悪(わる)いですよ。

這樣對身體不好。

松

明日(あした)も仕事(しごと)がありますので、このあたりで…。

您明天還有工作，今天就喝到這裡吧。

## 使用時機及技巧

提醒別人酒喝太多不只是為對方好，也是為週遭的人好。因為如果喝得太醉連路都走不了，可能會對許多人造成困擾。雖然不想在大家喝得正開心的時候潑冷水，但適時提出勸告也是一種關心的展現，所以別害怕這麼做。如果使用本節的這些說法，可以讓每個人都能身心舒暢的迎接隔天的早晨，那就太好了。

梅等級是一般常見的說法，主要是用在同期的同事或朋友的身上。通常之後會再鼓勵對方多喝點水。竹等級則是向對方表達關心的說法，適合對上司或長輩使用。松等級除了關心對方的身體，也能表達對對方的工作表達關懷之意。

18:00~24:00

4-11

〔問候〕

# 想先離席的時候

在酒席間要能抓準中途離席的時機是很困難的事。可以在談話間隨時注意周圍的氣氛，再趁空檔簡單地解釋一下必須先離席的理由。

**梅**

先(さき)に帰(かえ)りたいんですけど。

我想先回家。

**竹**

お先(さき)に失礼(しつれい)しても大丈夫ですか？

我可以先離開嗎？

**松**

申(もう)し訳(わけ)ありませんが、終電(しゅうでん)に乗(の)り遅(おく)れてしまいますので、お先(さき)に失礼(しつれい)させていただきます。

不好意思，我會趕不上最後一班電車，請容我先行告退。

## 使用時機及技巧

梅等級只是說出自己想做的事。如果聚會的成員都是親近的酒友還可以，但如果是在有不熟的人，或是長輩在場的情況下這樣講，你會看到其他人驚訝並充滿疑惑地望著你。竹等級則比梅等級更有禮，但在這麼講之前還是要敘述一下理由會比較得體。

松等級用於前輩及上司等位階的對象，其中包括「緩衝用語＋告知必須先離席＋理由」這三項要素，可說是完美的說法。但若是以自己的興趣或是方便與否當作理由，就會讓對方覺得這場聚會對你而言不夠重要，不但聚會的成員會覺得掃興，甚至可能會破壞當下的氣氛，所以請多多注意。

# 當上司或前輩先回家的時候

當上司或前輩要先回家時，可以向對方表示「明日もよろしくお願いします。（明天也請您多多指教。）」。若隔天有特別需要和上司一起行動的行程，比如說和上司一起外出等，也可以試著以這個說法來表達。此外，若當天得到上司的協助，可以向對方表示「今日は○○の件、ありがとうございました。（關於今天○○的事，非常謝謝您。）」。但如果是你給上司添麻煩，則可以表示「今日は○○の件、申し訳ありませんでした。（對於今天○○的事，我深感抱歉。）」。

此外，還有向對方表達慰勞之意的「ごくろうさま。（辛苦了。）」「おつかれさま。（您辛苦了。）」。這二句話你是否都有正確使用呢？其實本來是不能對上司或長輩表達慰勞之意的。因為一般普遍認為「自己沒能力才會覺得辛苦或是疲憊，這種程度的事讓有能力的人來做，不可能會覺得辛苦或是疲憊才對」。有些年長者就不喜歡晚輩對自己說「ごくろうさま。（辛苦了。）」和「おつかれさま。（您辛苦了）」。但當要對上司或長輩表達慰勞之意時，卻沒有任何說法可用又很不方便，所以近來對長輩說「おつかれさまでした。（您辛苦了。）」已經被認定是符合商業禮儀的表現。

18:00~24:00

4-12

## 〔應對〕買單

雖然只是要請店員買單，這種時候其實容易顯露一個人的「本性」。試著站在店家的立場，以舒暢的心情請店員買單吧。

梅

お会計（かいけい）！

買單！

竹

チェックしてください。

請幫我買單。

松

お会計（かいけい）をお願（ねが）いします。

麻煩買單。

### 使用時機及技巧

「結果好，就一切好」。美味的餐點、愉快的對話、良好的交流，最後就是買單。過本節要介紹的是一個能夠「有始有終地完美收場」的買單說法，讓你在買單時也能保持愉快的心情。

如果是一群男人在小酒館喝酒，喝得太開心，不由自主地喊出梅等級的「お会計（かいけい）！（買單！）」或許還能容忍，但是命令的語氣還是不應該的。店員也很忙碌，至少要使用竹等級的「チェックしてください。（請幫我結帳。）」、「お会計（かいけい）してください。（請幫我買單。）」或是松等級的「お会計（かいけい）をお願（ねが）いします。（麻煩買單。）」等較有禮貌的說法。別忘了要在「会計（かいけい）」前加上接頭語「お」。

應用一

## おあいそ！

### 買單！

漢字是「お愛想」。這個說法很常見也很常用，但其實是NG的說法！這個說法要是對店裡的人使用，店員可能會誤以為是不是發生什麼狀況。因為「おあいそ」通常是指店家對態度不好一事感到抱歉，所以在結帳時一邊收錢，一邊以「おあいそうなくて失礼いたします。（沒給您好臉色真是不好意思。）」向客人道歉。

也就是因為如此「おあいそ」才有結帳的意思。所以如果你是店員，就可以用這個說法，但如果你是客人，這個說法還是別用比較好。

應用二

## 領収書をいただけますか？

### 可以給我收據嗎？

在索取收據時的重點有二。一是別使用「領収書！（收據！）」這種以名詞結尾的命令形表達；另一個是要以「領収書ください。（請給我收據。）」或是「領収書をお願いします。（麻煩給我收據。）」來表達，並且在被詢問收據的抬頭時，要簡潔有禮地向店方說明公司名稱的寫法等資訊，也可以直接遞上名片。基本上名片最後都會歸還，因此遞名片或許是比較得體的做法。

應用三

## 一人いくらになりますか？

### 一個人是多少錢？

我想朋友之間還可以隨口說「割り勘にしよう。（我們各付各的。）」。但如果對象是上司、長輩或是交易對象等必須以禮相待的人，在結帳時對店家說這句話，就可以間接地向對方表示要各付各的。

4-13

# 〔道謝〕別人請吃飯

別人願意請你吃飯，就是他對你有好印象的證明。為了不讓好印象歸零，請務必要好好地向對方道謝。

**梅**

ごちそうさま。

謝謝招待。

**竹**

ごちそうになり、ありがとうございました。

非常謝謝您的招待。

**松**

本日（ほんじつ）はすっかりごちそうになりまして、ありがとうございました。

今日承蒙您的盛情款待，非常感謝。

## 使用時機及技巧

梅等級是常見的表達。不適合用於商務場合，但可以在私人、家人之間的聚餐，或是朋友請吃飯時使用。如果想要更禮貌地表達，則可以說「ごちそうさまです。（謝謝招待。）」或「ごちそうさまでした。（多謝招待。）」。

竹等級雖然是簡單的句子，但卻可以對長輩表達謝意，感謝對方提供金錢和時間招待自己。

松等級是上司或長輩請吃飯時用的說法。「ごちそうさま。」之後可以再加上表達謝意的言詞。也可講「本日（ほんじつ）は美味（おい）しいお料理（りょうり）をごちそうになり、ありがとうございました。（今天謝謝您招待美味的料理。）」、「思（おも）わぬ散財（さんざい）をおかけしました。（不好意思讓您破費了。）」等句子向對方道謝。

## 當別人說「ごちそうさま。」時，有什麼感覺？

- 很正常，這是最基本的禮儀。（法律系三年級生）
- 我認為至少要說句道謝的話，這是禮貌。（藝術系四年級生）
- 這是常識！（入社會第三年）
- 感覺很舒服。（法律系二年級生）
- 聽到對方這麼說很開心，會想再約他出來吃飯（入社會第四年）
- 付錢請客的一方心情也會很好（文學系四年級生）
- 當女性對我這麼說的時候，可以感覺到她的品格和誠意。（入社會第一年）
- 覺得對方是謙虛的好孩子，會想再和他見面。（社會學系三年級生）

不管是一個蛋糕、一杯紅茶、一片吐司、一份午餐、還是一份高級餐廳的晚餐，只要是對方請客，就一定要說聲「ごちそうさま。（謝謝招待。）」。聽到這句話，我想應該沒有人會不開心的吧！

不過，若該說時沒說，也會被認為是「お里が知れる（家教不好）」的人，對方大概不會再來約你，也不會再請你吃飯了吧。

雖然沒說這句話既不會被罵也不會受到責備，但請千萬記住，對方可能會因此而對這人的上司、老師、父母的教養及教育產生質疑。

4-14

## （確認）確認是否有物品忘了拿

無論再怎麼小心，也還是有可能將東西忘在某處。希望自己不經意的行為能在這種時候幫到別人。

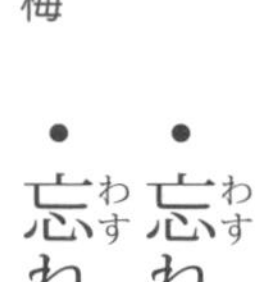

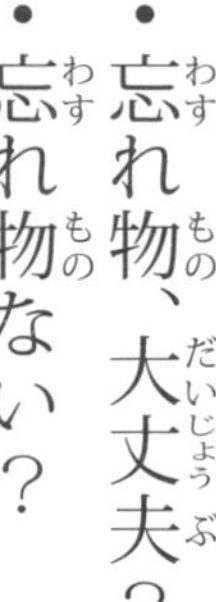

梅

- 忘(わす)れ物(もの)、大丈夫(だいじょうぶ)？
- 忘(わす)れ物(もの)ない？
- 有沒有東西忘了拿？
- 有東西忘了拿嗎？

竹

忘(わす)れ物(もの)ありませんか？

有沒有東西忘了拿？

松

忘(わす)れ物(もの)はございませんでしょうか？

是不是有東西忘了拿？

### 使用時機及技巧

基本上確認是否有東西忘了拿是自己的責任。不過如果是餐飲業或服務業，貼心地提醒客人是否有東西忘了拿是很重要的一件事。

梅等級在要從朋友家或餐飲店等設施離開時對親友使用。為家人送行時也可以。

竹等級與松等級可在餐飲業或服務業對客人使用，或是當公司的同事或上司因為跑業務等工作而需要外出時，也可以使用，和竹等級相比，松等級是比較禮貌的說法。除了這幾句之外，以「お忘(わす)れ物(もの)にお気(き)をつけください。（請注意是否有東西忘了拿。）」來提醒對方也很不錯。不過別顧著提醒對方，自己也要小心別忘了拿東西。

應用一

## 今日は、雨がもう降らないようですね。

今天似乎不會再下雨了。

不僅確認自己是否有東西忘了拿，還連帶提醒周遭的人，像這樣的人通常都能得到很高的評價。而在這類提醒的內容之中，傘就是其中一種特別容易遺忘的物品，雖然直接問對方「傘をお持ちになりましたか？（您有帶傘嗎？）」也可以，但這個例句可以間接地讓對方想起雨傘。萬一對方真的忘了拿傘，也不要指責對方，只要默默地把東西交給他就好。

應用二

## 29日に利用した者ですが、青色の折り畳みの傘は届いていませんか。

我29日來過，請問有沒有人送來一把藍色的折疊傘？

詢問遺忘的物品時，重點在於確實向對方描述該件物品的特徵。像是顏色、形狀、大小、何時遺忘等資訊都要如實地告訴對方。還要提醒對方注意是否有外形相同的遺忘物，以免被人誤領。

應用三

## お忘れ物をなさいませんよう、気をつけてお降りください。

下車時請注意別忘了隨身攜帶的物品。

這句話是下車前必定會聽到的廣播內容。但這個句子的文法其實有問題。「いたす」是「する」的謙讓語，如「私がご案内いたしましょうか？（我來帶路吧？）」，是用來表示自己的行為，不能用來表示他人的行為。「する」的尊敬語是「なさる」，所以這裡要使用「お忘れ物をなさいませんよう（別忘記帶東西）」才是正確的。

應用四

## こちら落とされましたよ。

你的東西掉囉！

走在路上的時候，如果前方的人東西掉了，就可以使用這個說法來提醒對方。從後面突然大聲叫住對方，或是拍對方的肩膀都可能會嚇到對方，這時只要從旁輕聲提醒即可。若對方看起來明顯不知道自己的東西掉了，這時就可以問他「こちら落とされましたか？（你是不是有東西掉了？）」。如果對方不是該件物品的主人也不算失禮的行為。遞出物品時不要硬塞到對方手中，而是用雙手有禮貌地交給對方會比較好。

4-15

## 〔應對〕鼓勵對方搭乘計程車

善意有時候也可能會造成對方的困擾。
請學習鼓勵或要求對方，卻不會造成對方負擔的說法。

梅

- タクシー乗(の)る？
- タクシーで帰(かえ)る？
- 你要搭計程車嗎？
- 你要搭計程車回家嗎？

竹

- タクシー乗(の)りましょう。
- タクシーに乗(の)りませんか？
- 我們一起搭計程車吧。
- 要不要一起搭計程車？

松

- タクシー拾(ひろ)いましょうか？
- タクシーを呼(よ)びましょうか？
- 我們攔一台計程車吧？
- 我們叫一台計程車吧？

使用時機及技巧

梅等級是對朋友及家人使用。竹等級是對上司或客戶說的話，特別是當對方似乎表現出想搭計程車的樣子時，就可以向對方提議「乗(の)りましょう。（我們一起搭計程車吧。）」。如果不確定對方意願，就可以用「乗(の)りませんか？（要不要搭計程車？）」來探探。

松等級的情境不是直接詢問對方要不要搭車，而是以間接的方式詢問對方須不須要準備車子。這麼做更會讓對方覺得你很有禮貌。和上司或長輩一起搭車時，雖然仍須依現場的情況而定，但原則上新人或下屬是要坐在副駕駛的位置，並且要擔負起告知目的地之類的任務。另外，上司搭計程車離開，但自己並未同車時，最重要的是一定要確實目送到車子完全離開為止。

應用一

**お車(くるま)が来(く)るまで、こちらで少々(しょうしょう)お待(ま)ちいただけますでしょうか。**

在計程車到達前，能否麻煩您在此處稍等？

當你和上司、交易對象一同搭車，而你又必須負責叫計程車時，就可以使用這個説法表達。當搭車的人數較多時，可以先請上司及交易對象稍等一下，再由你去找計程車是比較好的作法。因為帶著上司或長輩到處跑來跑去的實在不太好。

應用二

**お車(くるま)の用意(ようい)ができました。こちらへどうぞ。**

車子準備好了。這邊請。

當計程車到達時，不要直接和對方説「タクシーが来(き)ました。（計程車到了。）」，而是以例句的説法表達會顯得比較正式，對方也會覺得你是一個懂禮數的人。當你希望對方先上車的時候，只要在上車前站到車門旁邊，就可以很自然地請對方上車。

應用三

**本日(ほんじつ)はありがとうございます。お気(き)をつけてお帰(かえ)りくださいませ。**

今天非常謝謝您的光臨。回家時請小心。

送上司或長輩離開時，先向對方表示感謝之意是基本的禮貌。除了第一個例句之外，「お忙(いそが)しいなか、お越(こ)しいただきありがとうございました。（百忙之中，非常感謝您的光臨。）」的説法也很不錯。説完之後，若可以一邊帶著笑容點頭示意，一邊説出第二個例句，對方的印象會更好，或許就能順利獲得下一次見面的機會。

18:00~24:00

4-16

## 〔禮儀〕守靈夜

不適合在喪禮中使用的詞彙叫做「忌諱用語」，這些詞彙因為不吉利，所以從以前開始就一直被避免在喪禮中使用。切記，不要口無遮攔地亂說話，以免傷害到亡者的家屬。

**梅**

誠(まこと)に心残(こころのこ)りです。

衷心感到遺憾。

**竹**

謹(つつし)んでお悔(く)やみ申(もう)し上(あ)げます。

謹此向您表達悼念之意。

**松**

この度(たび)は、誠(まこと)にご愁傷(しゅうしょう)さまでございます。

請節哀順變。

### 使用時機及技巧

松竹梅三種說法無對象的分別，在喪禮上皆可使用。簡單向家屬表達自己的心情即可。下列為應該避免使用的「忌諱用語」，請一一記起來，以備不時之需。

**①疊字、表一再重複的詞彙**

たびたび（屢次）、重(かさ)ね重(がさ)ね（三番兩次）、しばしば（頻繁）、返(かえ)す返(がえ)す（一再）、またまた（再次）、つくづく（仔細；深切）、ますます（越來越～）等。

**②發音或聲響不吉利的詞彙**

四(し)（發音會讓人聯想到死亡）、九(く)（發音會使人聯想到痛苦）等。

**③和死亡有關的詞彙**

死亡(しぼう)（死亡）、死(し)ぬ（死）、自殺(じさつ)（自殺）、事故死(じこし)（事故死亡）、心中(しんちゅう)（殉情）等。

專欄

# 喪家的用語

前去弔唁的客人應該都能理解家屬的辛苦。即使是在如此艱難的時刻，家屬仍堅持以優美的言辭處理喪葬事宜，讓弔唁者對亡者的印象停留在最美的時刻。此外，亡者的重要友人及熟人特地前來弔唁，為了亡者，也要慎重地接待。

例句一

**お忙しいところ恐れ入ります。**

百忙之中麻煩您，不好意思。

對於前來弔唁的人，首先要就對方在百忙之中抽空前來的這件事，表達感謝之意。

例句三

**生前は、中村さまのご厚誼、誠にありがとうございました。**

對於生前中村先生的深厚情誼，謹此致謝。

過世之前非常照顧亡者或是與亡者較親近的人，要以這句話的說法，代替亡者表達感謝之意。「ご厚誼」是指關係親近的意思。

例句二

- **どうぞお線香をあげてください。**
- **お線香をあげてくだされば主人も喜びます。**
- 請您上柱香。
- 您若能上柱香，我先生也會很開心的。

守靈夜或告別式以外的時間，可以用這句話引導對方上香。

例句四

**お心遣い、恐れ入ります。**

勞您費心了，真是不好意思。

將線香或奠儀直接交給家屬時，家屬就會以這句話道謝。

18:00~24:00

4-17

（問候）

# 道別時的問候語

為了讓下次見面時也能有好的氣氛，道別時的問候語很重要。選擇適合的說法，好好地和對方道別吧。

梅

バイバイ！元気（げんき）でね！

Bye-Bye！保重喔！

竹

さようなら。お元気（げんき）で。

再見。請保重。

松

失礼（しつれい）いたします。ごきげんよう。

再見。祝您健康。

## 使用時機及技巧

「バイバイ（Bye-Bye）、さようなら（再見）、失礼（しつれい）します（再見）」愈往後就愈禮貌。使用的對象大致上也可以分成朋友、前輩、上司或老師。

工作上最建議使用的說法是「失礼（しつれい）します。（再見。）」。因為這個說法比起梅等級和竹等級更能向對方表達敬意。除此之外，對工作夥伴也可以使用「おつかれさまでした。（辛苦了。）」表示。

在「ありがとうございました。（謝謝。）」之前，可以加上當天的感想，如「本日（ほんじつ）も大変（たいへん）お世話（せわ）になりました。（今天非常謝謝您的關照。）」或是「楽（たの）しく過（す）ごさせていただきました。（今天我過得非常愉快。）」，不但顯得更有禮貌，還可向對方傳達感謝之意。

應用一

**お名残惜しゅうございます。**

**真是感到依依不捨。**

157頁已經提過「～しゅう」是大和言葉的用法。這句話是優雅地向對方傳達想要再次見面的心情。這裡的例句是離別時的說法，除此之外還可用於表示對某件事感到遺憾。

應用二

**夜は冷え込みますので、お体にお気をつけくださいませ。またお会いできることを心待ちにしております。**

**晚上很冷，請保重身體。衷心期盼還能再次和您見面。**

道別的時候只是單純說一句「さようなら。（再見。）」並不能讓對方留下好印象。不過如果在這個時候，適時關心一下對方的身體狀況，情況應該就會不一樣。

應用三

**長い間誠にお世話になりました。中村部長からのご指導を忘れずにこれからも職務を全うしてまいります。**

**衷心感謝您長久以來的照顧。今後將不忘中村部長的指導，盡力完成工作。**

這是上司離職時使用的說法。除了傳達悲傷的心情，讓對方知道交辦給自己的事情不會有問題也很重要。別忘了不讓對方操心也是一種體貼，好好地送對方離開吧。

應用四

**本日はご足労いただきありがとうございました。お気をつけてお帰りくださいませ。**

**今日勞煩您特地前來，非常感謝。請您路上小心，注意安全。**

這是對來訪的客人使用的說法。比起單純說「ありがとうございました。（非常感謝。）」更有禮貌，也更能讓人留下好印象。除了言語表達之外，若能再搭配深深地一鞠躬會更好。

18:00~24:00

4-18

〔問候〕

# 回到家的時候

回去的地方不只是指自己的家，還有公司或老家等地方。除了固定會用的說法之外，有時也會需要使用比較禮貌的說法表達。

梅

…。

（不發一語）

竹

ただいま。

我回來了。

松

ただいま帰(かえ)りました。

我回來了。

## 使用時機及技巧

關於「ただいま。（我回來了。）」的來源有各種說法。其中一個是「たらい間(ま)」。古早時代因為是穿草鞋，腳會弄髒，所以回到家的時候都必須要洗腳，這段清洗的時間就稱為「たらい間(ま)」，後來才轉為現代回家時打招呼的固定用法。

接下來讓我們回到現代生活，像梅等級那樣完全不出聲並不好，至少要如竹等級說聲「ただいま。（我回來了。）」。松等級是因公外出回到公司之類的情況使用的說法。除此之外，到岳父母家拜訪時，雖然使用「こんにちは。（你好。）」的說法沒什麼問題，但使用松等級的說法或許能讓對方感覺更親近。

# 第五章

Chapter 5

# 休假日

5-01

# 〔問候〕到朋友家拜訪的時候

不只是朋友，說不定也會遇到他的家人或親戚。這時要一邊觀察周圍的氣氛和談話對象，選擇正確的措辭及行為舉止，才是成年人的禮儀。

梅

**お邪魔(じゃま)します。**

打擾了。

竹

**ごめんください。失礼(しつれい)します。**

打擾了。不好意思。

松

**お言葉(ことば)に甘(あま)えて失礼(しつれい)いたします。**

那我就不客氣了，不好意思。

### 使用時機及技巧

受邀到別人家，英語是以「Thank you for inviting me.（謝謝你的邀請。）」表達謝意。如果是沒有事先約好突然拜訪的情況就會說「I am sorry to disturb you.（打擾到你我很抱歉。）」。

在日本，梅等級和竹等級是一般的說法。如果是到獨居的朋友家，使用梅等級即可，但若對方和家人同住，則可以使用竹等級的說法。松等級則帶有「拉近距離」的語感，對朋友的家人效果也很好。

大部分的人似乎並不看重見面時的第一句話，但其實它意外地重要。可別在這種小地方露出破綻。

應用一

**こんにちは。中村（なかむら）です。**

你好，我是中村。

應用二

**お足元（あしもと）の悪（わる）いなか、お越（こ）しいただき、ありがとうございます。**

勞煩您在這麼不方便移動的日子特地前來，非常謝謝您。

這是到某個宅邸拜訪時，對著對講機所說的話。由於對方只能透過對講機傳出來的聲音來確認來者為何人，所以在對著對講機說話時，要把每一個字都說清楚。如果因為工作需要而去私人住宅拜訪，要確實報上全名以及公司名稱，如「こんにちは。○○会社（がいしゃ）の○○△△です。（你好，我是○○公司的○○ △△。）」。別忘了加上一句「お忙（いそが）しいなか、失礼（しつれい）いたします。（百忙之中打擾了，不好意思。）」，對於客人抽空和自己見面表達感謝之意。

這句話是對來拜訪的客人使用。不過這個說法只適用於下雨等天候不佳的情況。而由話中「感謝您冒雨前來拜訪」的語意，也可以感受到對客人的關懷之意。這句話除了可以對來家中拜訪的客人使用，也可用於來公司拜訪的交易對象，或是參與聚會的賓客。天氣不錯的時候，可以在迎接客人時以「ようこそお越（こ）しくださいました。（歡迎您大駕光臨。）」的說法表示。

5-02

## 〔交流〕將伴手禮交給對方的時候

將伴手禮交給對方時，該說什麼？雖然只需要簡短的一句話，卻意外地讓人困擾。「つまらないものですが（小小東西，不成敬意）」聽起來就跟這個句子一樣「つまらない（無趣）」。不如挑一個會大受歡迎的說法吧。

**梅**

これ、どうぞ。

這個給你。

**竹**

よろしければ、お納(おさ)めください。

您不嫌棄的話，請收下。

**松**

お口(くち)に合(あ)うかどうかわかりませんが、みなさんでお召(め)し上(あ)がりください。

不知合不合您的口味，請大家一起享用。

### 使用時機及技巧

雖然實際上要視情況而定，但去朋友家拜訪時，禮儀上還是應該帶一點伴手禮。畢竟受邀去對方家裡做客時多少都會接受招待，而若你對對方有所求，就更是必需。

如果只是去找親友玩，梅等級的說法就足夠。竹和松是比較禮貌的說法，伴手禮如果是「食物」則可以使用竹等級，是「物品」可以使用松等級。視情況也可以將前半句和後半句互換。收禮的一方，則可以回應「せっかくですので、ありがたく頂戴(ちょうだい)します。（您的好意我就不客氣地收下了。）」。

如果是初次見面、或是今後會持續往來的對象，有一個非常好用的說法「ご挨拶(あいさつ)の印(しるし)として、（一點小禮物，聊表心意。）」。

實用賢語

印ばかりのものですが、どうかご家族で召し上がってください。

一點小東西，不成敬意。請與您的家人一同享用。

ご笑納いただければ幸いです。

懇請您笑納。

這句話不論對方的地位高低皆適用。「印ばかり」雖然繞了一圈但同樣是表示「這只是一點小東西」的意思。例句雖是以贈送食物為例，但其他的東西也同樣可以用這句話表達。

贈送物品時使用的説法，適用於上司或長輩等對象。由於話中本來就帶有「雖然只是一點小東西，但您若能收下我會很開心」的意思，所以無需使用「つまらないものですが、（小小東西，不成敬意。）」來表示。「つまらないものですが」原本是藉由刻意貶低自己抬高對方的方式以表示謙遜。不過最近因為謙遜過頭了，反而沒辦法讓對方留下好印象。而且要小心有的人會當真，以為你送的真的是「つまらないもの（無趣的東西）」。

5-03

# 〔交流〕請客人入座的時候

若想讓對方放鬆，記得要選擇不過於嚴肅、也不過於拘謹，禮貌程度剛剛好的說法表達，讓雙方都能自在愉快地溝通交流。

梅

リラックスしてね。

請自便。

竹

くつろいでくださいね。

請你就當是在自己家。

松

ご遠慮（えんりょ）なさらず、どうぞ膝（ひざ）をくずして、お楽（らく）になさってください。

別客氣，也別感到拘束，請您當作是在自己家一樣。

使用時機及技巧

「くつろぐ（不拘禮節）」寫作「寛ぐ」，從廣義而言指的是「忘記工作及煩惱，放鬆心情。讓身心得到舒展，毫無顧慮地自在行動」的意思，此外，它還有另外一個意思是「不再穿著拘束的服裝、全身放輕鬆，改為舒適自在的打扮」。

梅等級和竹等級都可廣泛地用在各種情境，營造出友善的氛圍。而在動作上和行動上都給予具體的建議及支持的松等級，則可以打造出更容易讓對方放鬆的氛圍，是很有親切感的說法。

# 請客人放鬆坐姿的進階說話技巧

如果懂得使用「膝をくずして（請隨意）」、「おみ足を楽に（請隨意）」，其實已經可以算是掌握進階的說話技巧。

首先我們先來了解一下很容易搞錯的「膝（膝蓋）」的用法。「膝」這個字表示：①位於「大腿」與「小腿」之間的關節。②處於坐著的狀態下的大腿上方。而和「膝」有關的慣用語非常多，除了與①有關的用法之外，以②的語意表達的也不少，各位可以順便將下列的用法一起記起來，以備不時之需。

「膝を打つ（拍大腿）」＝「處於坐著的狀態下」所進行的動作。

「膝を進める（跪坐著湊上前去）」＝以「處於坐著的狀態下」靠近對方。

「膝に荷を置く（把行李置於腿上）」＝把行李放在「處於坐著的狀態下」的膝蓋上。

經常聽到的「足をくずして」指的是將正確的跪座「坐姿」給「崩す（破壞）」掉，改為放鬆的坐姿。所以這個語意原本是使用「膝をくずす」來表示。

另外，「おみ足を楽にしてください。（請隨意。）」也不是指跪坐，而是希望對方別拘束隨意坐的時候使用的說法。「おみ足」寫成漢字即為「御御足」，字面一看就知道是在禮貌地稱呼對方的腳。這樣的說法可以將你的關心以優雅的方式傳達給對方，讓你在對方心中留下好印象。

還有一句「お平らになさってください。（請您隨便坐。）」也是一樣，「平たくしてください（請隨便坐）」＝「楽にしてください（請隨意）」，為相同語意的說法，都可以記下來以備不時之需。

5-04

## 〔交流〕借用廁所

外出到了目的地或商店，有時會被迫去原本沒有打算去的地方，那就是廁所。在急著想去廁所的時候，要是也可以得體地詢問廁所的所在之處那就太好了。

**梅**

おトイレはどちらですか？

請問廁所在哪裡？

**竹**

お手洗（てあら）いをお借（か）りできますでしょうか？

請問可以借用一下洗手間嗎？

**松**

恐縮（きょうしゅく）ですが、お化粧室（けしょうしつ）をお借（か）りしてもよろしいでしょうか？

不好意思，能否向您借用一下化妝室？

### 使用時機及技巧

梅等級重點在於不只是問「どこですか？（在哪裡？）」，還將「どこ（哪裡）」換成「どちら（哪一個）」，讓句子聽起來比較禮貌。竹等級則是把「トイレ（廁所）」換成「お手洗（てあら）い（洗手間）」。松等級則是再改說「お化粧室（けしょうしつ）（化妝室）」，建議女性可以這樣講，男性則只要講「お手洗（てあら）い（洗手間）」即可。此外，松等級也在開頭說「恐縮（きょうしゅく）ですが、（不好意思，）」，向對方表示自己感到很抱歉。「お借（か）りしてもよろしいでしょうか？（是否可以向您借用？）」則是謙虛地向對方請求許可。

梅等級可用在餐廳等；竹等級可在拜訪他人時使用；松等級則是用在客戶的辦公室之類拘謹、正式的場所。

5-05

## 〔道謝〕對先前發生的事表達感謝

前一次見面來不及說的感謝，這次見面要怎麼說才不會讓對方覺得「你怎麼現在才說？！」，其實不用把事情想得太複雜，只要站在對方的立場思考，自然能知道該如何以簡單的說法表達。

**梅**

この前（まえ）はどうも。

上次謝謝你。

**竹**

・先日（せんじつ）は、ありがとう。

・先日（せんじつ）は、ありがとうございました。

・前幾天謝謝你。

・前幾天非常謝謝您。

**松**

先日（せんじつ）はお世話（せわ）になり、ありがとうございました。

おかげさまで大変（たいへん）助（たす）かりました。

謝謝您前幾天的照顧。

多虧有您在，真是幫了大忙。

### 使用時機及技巧

梅等級是非常方便的說法。只是這麼簡短的一句話，卻能將字面上省略的各種謝意與感激傳達給對方。不過，雖然這是能讓人心意互通的一句話，但它也非常強調工作或商務關係中，人和人之間熟悉的程度，所以若你與對方沒有非常密切的關係，或是你們並未處於某種特定條件的環境中，還是不要使用它才是明智之舉。

竹等級使用對象為長輩等。松等級是對上司、管理階層、交易對象、顧客等公司內外的重要人物使用的說法，如果是私人關係則是用於恩師、長輩等需表尊敬的對象，表達時也要注意是否有配合點頭、鞠躬等要素，千萬不要只有用言語表示感激。正確的禮儀和態度也很重要。

5-06

## 〔請求〕希望對方協助拍照

最近拍照的主流做法是使用智慧型手機自拍，但對於年長者及昭和世代的人而言，這種拍照方式或許會很陌生。希望對方協助拍照時，可以事先把相機準備好，使用簡單易懂的說法請對方幫忙。

梅

写真撮ってくれる？

可以幫我拍照嗎？

竹

ここ押してもらえますか？

可以請你幫我按一下這裡嗎？

松

恐れ入りますが、写真を撮っていただけますか？

不好意思，能否麻煩您幫我拍照？

### 使用時機及技巧

梅等級是對親近的對象隨意拜託對方協助拍照。

竹等級和松等級是拜託上司或長輩，或者是完全不認識的陌生人時使用的說法。如果相機的操作方法很複雜，或許可以使用竹等級的說法引導對方按壓拍照鍵。請對方幫忙拍照時，可以和對方說「横で撮ってください。（請橫著拍照。）」或是「一枚で結構ですので。（拍一張照片就好。）」之類的話，最重要的是要儘量挑最不麻煩對方的做法。此外，拍完照片後，別忘了要向對方說一聲「ありがとうございます。（謝謝您。）」。

如果是在旅行的地點請人拍照，也可以視對方的狀況，主動詢問對方「お撮りしましょうか。（要不要我幫您拍照？）」。

5-07

## 〔勸告〕針對擅自亂停車

現今的社會，有時只不過是對人進行口頭勸告就被暴力對待，有人甚至因此受傷。口頭勸告時，請務必要小心自己的用字遣辭。

梅

ここに車（くるま）停（と）めたら邪魔（じゃま）ですよ。

車子停在這裡很擋路。

竹

無断駐車（むだんちゅうしゃ）は困（こま）りますね。

車子擅自亂停很困擾。

松

こちらの場所（ばしょ）は駐車禁止（ちゅうしゃきんし）となっております。

這裡禁止停車。

### 使用時機及技巧

到底是故意亂停車，還是在不知情的情況下停到不該停的地方，只有停車的人自己知道。像梅等級這種說法，如果對方不是故意亂停，很有可能會大發雷霆。

這時最好可以將for me的「怒」（＝自己的怒氣）想辦法轉化成for you的「怒」（＝考量對方的立場及狀況），日本有重視「情緒」及「為對方著想」的溝通文化。當然，社會有既定的規則，也有既定的禮儀，但只要記住像竹等級或松等級這類不會冒犯對方的說法，就會知道對彼此來說，什麼才是「利益」與「品德」兼顧的做法。

**台灣廣廈** 國際出版集團
Taiwan Mansion International Group

國家圖書館出版品預行編目（CIP）資料

恰當日本語：適時適所！用日本人的一天學日語，一次告訴你對應各種場合與對象，從輕鬆到正式的三種不同表現/唐澤明著；劉芳英譯. -- 初版. -- 新北市：語研學院出版社，2022.08
面；　公分
ISBN 978-626-95466-6-4(平裝)

1.CST: 日語 2.CST: 會話

803.188　　111007221

# 恰當日本語

**適時適所！用日本人的一天學日語，一次告訴你對應各種場合與對象，從輕鬆到正式的三種不同表現**

**作　　者**／唐澤明
**翻　　譯**／劉芳英

**編輯中心編輯長**／伍峻宏
**編輯**／尹紹仲
**封面設計**／林珈伃・**內頁排版**／東豪
**製版・印刷・裝訂**／東豪・紘億・弼聖・明和

**行企研發中心總監**／陳冠蒨
**媒體公關組**／陳柔彣
**綜合業務組**／何欣穎

**線上學習中心總監**／陳冠蒨
**產品企製組**／黃雅鈴

**發 行 人**／江媛珍
**法 律 顧 問**／第一國際法律事務所 余淑杏律師・北辰著作權事務所 蕭雄淋律師
**出　　版**／語研學院
**發　　行**／台灣廣廈有聲圖書有限公司
地址：新北市235中和區中山路二段359巷7號2樓
電話：（886）2-2225-5777・傳真：（886）2-2225-8052

**代理印務・全球總經銷**／知遠文化事業有限公司
地址：新北市222深坑區北深路三段155巷25號5樓
電話：（886）2-2664-8800・傳真：（886）2-2664-8801
**郵 政 劃 撥**／劃撥帳號：18836722
劃撥戶名：知遠文化事業有限公司（※單次購書金額未達1000元，請另付70元郵資。）

■出版日期：2022年08月
ISBN：978-626-95466-6-4　